Invitación al viaje

y otros cuentos inéditos

Julio Ramón Ribeyro

Invitación al viaje

y otros cuentos inéditos

ALFAGUARA

Penguin
Random House
Grupo Editorial

INVITACIÓN AL VIAJE
y otros cuentos inéditos

Primera edición: julio, 2024
Primera impresión en Colombia: octubre, 2024

Avenida Ricardo Palma 311, oficina 804, Miraflores, Lima, Perú
Alfaguara es un sello editorial de
Penguin Random House Grupo Editorial, S. A.
Diseño: Penguin Random House Grupo Editorial / Apollo Studio

Carrera 7ª No.75-51. Piso 7, Bogotá, D. C., Colombia
PBX: (57-601) 743-0700

Impreso en Colombia-*Printed in Colombia*

ISBN: 978-628-7659-79-7

Impreso por Editorial Nomos, S.A.

Nota del editor

Julio Ramón Ribeyro (Lima, 1929-1994) es por unanimidad el mayor cuentista del Perú, y por consenso uno de los mayores del idioma castellano. Su obra es una fértil tierra labrada durante cuarenta y cinco años, compuesta por miles de páginas de novelas, piezas teatrales, aforismos, diarios, cartas, prosas y, principalmente, una imprescindible colección de cuentos reunidos bajo el título de *La palabra del mudo*, a los que hoy se suman los *Invitación al viaje y otros cuentos inéditos.*

Estos relatos fueron hallados en el archivo personal del autor, en la residencia de su viuda en París, ciudad donde los escribió durante la década de 1970. Se encontraron entre papeles inéditos, escritos a máquina, con numerosas anotaciones y —en algunos casos— entre varias versiones correlativas. Sus páginas están numeradas junto a otras sueltas, que configuran más bien ejercicios creativos, episodios, personajes, rutas que evaluó, pero no tomó.

Se ha establecido el texto de esta edición a partir del trabajo directo con los mecanuscritos y una cuidadosa revisión que tomó como elemento central la versión más actualizada de cada cuento y la adición de las anotaciones hechas a mano. Esta intervención ha procurado ser la mínima elemental, y ha tenido como principio el respeto de la voluntad del autor, por lo que el lector encontrará los cuentos en las versiones finales que imaginó Ribeyro.

Si bien la obra de Julio Ramón Ribeyro se forjó al margen de todo criterio que no fuera el de su propia exigencia, es importante rescatar que al autor le ilusionaba alcanzar la cifra de cien cuentos publicados. A los ochenta y siete que publicó en nueve libros, se sumaron póstumamente seis relatos escritos en su «prehistoria» literaria, uno de la década de 1960 y uno más que escribió en su último año de vida. Con *Invitación al viaje y otros cuentos inéditos,* la cifra alcanzada es exactamente de cien relatos, una meta a la que llega con el «arco tenso apuntando hacia el futuro», para beneficio de sus antiguos y nuevos lectores.

Agradecemos a los herederos de Julio Ramón Ribeyro por confiarnos esta tarea y permitirnos ser la puerta por la que entrarán estos nuevos personajes e historias que enriquecerán la obra de su autor y la vida de quienes las lean.

Jorge Coaguila

Prólogo

Ribeyro una vez más

I

La aparición de una serie de cuentos inéditos de Julio Ramón Ribeyro es, a la vez, un gran acontecimiento literario y, en lo personal, el recordatorio de cómo mi vida encontró un camino. André Breton lo dijo una vez: «La literatura es el triste camino que nos lleva a todas partes», y debo confesar que mi encuentro con Ribeyro, lo que definió mi vida desde muy joven, tuvo un inicio algo melancólico, sí, pero luego me llevó por el sendero que tanto anhelaba y que tenía que ver con la escritura.

Por eso celebro tanto abrir un nuevo libro suyo, treinta años después.

Lo conocí en París, a finales de 1990. Yo acababa de llegar de España con un título de filólogo, pero el único trabajo que pude conseguir en dos meses fue unas clases privadas de español a dos niños en una lujosa casa de la *rue* de Grenelle. El sueldo era una miseria, pero me daban la comida. Las cosas no eran fáciles y yo estaba dispuesto a dar la batalla. Quería vivir en esa París literaria, como tantos escritores admirados: Joyce, Hemingway, Miller, Joseph Roth... Los ojos se me perdían de admiración y solo volvía a la realidad para constatar que estaba en un cuarto diminuto del boulevard du Montparnasse, no tenía amigos y me había convertido en rehén del teléfono, pues pasaba el día a la espera de una llamada sentimental que nunca llegó y que me impedía bajar a la calle por temor a que sonara en cuanto saliera. Pude mantenerme, entre otras cosas, por el vicio de pensar. Pero no pensar como los filósofos, sino pensar a secas. Pensaba, por ejemplo, que yo no era yo, aterido de frío y apretando una moneda en el fondo del bolsillo, sino ese hombre rozagante, triunfador y feliz que al otro lado del vidrio del restaurante Hippopotamus se disponía a caer en picada sobre un suculento *steak bavette*.

Ya desde España había comenzado a escribir artículos literarios que se publicaban en algunos periódicos de Bogotá. Por esa razón, además de cursar un doctorado en la Sorbona e intentar trabajar para sostenerme, quería hacer algunas entrevistas a escritores. Más por conocerlos, a decir verdad. Y uno de ellos era Julio Ramón Ribeyro, a quien leía con admiración infinita. Por una extraña casualidad tenía su número privado —un pariente suyo me lo había dado en Madrid—, así que un día logré vencer mi timidez y llamarlo desde una cabina telefónica. Para mi sorpresa, él mismo respondió y su voz me llenó de emoción. Le dije que era periodista colombiano y que lo buscaba para una entrevista. Pero enseguida salió al paso diciendo que el momento no era bueno:

—Se lo agradezco mucho, pero por estos días estoy muy deprimido —sentenció—, llámeme dentro de una semana.

Debí esperar siete días eternos y, a la semana exacta, volví a marcar, esperanzado. Pero de nuevo choqué con su voz melancólica:

—Sigo muy mal, llámeme dentro de unos días.

En la siguiente llamada pude cruzar unas cuantas palabras con él:

—Estudié Literatura en Madrid —le dije—, me gustan sus libros y en el periódico para el que trabajo están muy entusiasmados con la posibilidad de una entrevista suya.

—Pero ¿alguien me lee en Colombia? —quiso saber, escéptico—. No creo que tenga allá ni un solo lector.

—Se equivoca —le dije, improvisando—, allá hay cada vez más gente que lee sus libros.

Con cierto tono de incredulidad, volvió a decir:

—Llámeme la semana entrante y vemos, sigo muy mal.

Mi sustento eran las clases de español en la *rue* de Grenelle, pero un día llegué con mis cuadernos y la señora Chabrol, la mamá de los monstruos a los que enseñaba, me dijo con gracia: «Hoy no va a haber clase porque tengo invitados a cenar. Necesito que ayudes en la cocina». La miré a los ojos, entre confuso e irritado, y le dije sin más, en actitud francamente ribeyriana: «Yo cocino en mi casa o en la de mis amigos. Pero no aquí. Aquí soy el profesor de español». La última palabra se acompañó de un portazo que hizo temblar los tapices del lujoso edificio y que dejó a madame Chabrol, para siempre en mi memoria, congelada en un gesto de asombro. Bajé las escaleras a saltos y cuando iba por el piso tercero me di cuenta de que había olvidado cobrar las clases de la semana. Salí enfurecido a la calle y fui a buscar alivio a un *bistrot*. Llovía a cántaros y con la tercera copa de vino pensé en Ribeyro, así que busqué una moneda.

Volvió a contestar él y, sin mediar palabra, le pregunté por la entrevista.

—No sé —contestó—, sigo mal de ánimo.

Sentí que la bocina era una roca de la que me sostenía para no caer, y le dije:

—Yo también…

Hubo un largo silencio.

—¿Y qué le pasó? —me dijo.

—Acabo de perder mi único trabajo y encima olvidé cobrar.

De nuevo hubo un silencio, y entonces Ribeyro dijo:

—Ah, bueno, eso cambia todo. Lo espero mañana a las siete.

A partir de ese encuentro inicié una desequilibrada amistad con él. Me presentó amigos peruanos que me ayudaron, se preocupó por que consiguiera un trabajo, me recomendó aquí y allá, en fin... ¿Qué podía yo darle a cambio? Un poco de compañía, alguna charla sobre libros. Siempre fue un misterio la razón que hizo que Ribeyro se volcara a ayudarme de ese modo, pero sí sé que mi vida posterior, mis trabajos sucesivos como periodista, mi obstinación por escribir y, de algún modo, la sorpresa de ver que al final me quedé diez años en París, todo lo que para bien o para mal terminé haciendo con mi vida, comenzó aquella tarde en que Julio Ramón Ribeyro me dijo esa sencilla frase: «Eso cambia todo. Lo espero mañana a las siete». E imaginé que, si alguna vez esta anécdota se convertía en cuento, tendría que tener un título muy ribeyriano. Se me ocurren dos: «Lo espero mañana a las siete» y «El profesor de español».

II

Estos cuentos inéditos llevan la profunda impronta de su autor: el corazón de su escritura, el magma ribeyriano. El gran cuentista Ribeyro está ahí, en cada palabra. Al leerlos vuelvo a sentir la certera austeridad de su prosa que atrapa de un modo enigmático, unido a esa sensación de encontrar personajes vivos, reconocibles, que transitan por un momento específico de la vida, zona de transformaciones y conquistas: el descubrimiento, la gran osadía, el cambio. En la estética de Ribeyro es frecuente que estas situaciones planteen dificultades inesperadas a los protagonistas. Alguien descubre su verdadera identidad, se reconoce íntimamente a través de un episodio triste o tragicómico.

Es el caso de «Invitación al viaje», que parece extraído del ambiente de *Los geniecillos dominicales*. Las primeras frases de este grandioso relato son realmente de antología: «Empezó, entonces, un recorrido absurdo por el perímetro de la villa. Aprovechando esa especie de inmunidad que les confería la noche, apedrearon las casas solariegas, invadieron los jardines públicos, atacaron a los pájaros en sus nidos, a los gatos en los tejados». Lucho y Teodoro transitan ese momento de quiebre entre la vida apacible y protegida del primer adolescente en la casa familiar, el universo seguro del barrio, y la abrupta salida a la gran ciudad y sus peligros, que son también atractivos placeres: el llamado de las sirenas de ese universo ignoto que apenas se adivina y que puede, a la vez, herirnos y transformarnos. El joven e inexperto Lucho, anhelante de experiencias que lo conviertan en un hombre de verdad, se mueve con tropiezos en medio de esa noche saturnal que lo llama, vocifera y grita por él. Vive su pequeño descenso al Hades y visita con temor los diferentes círculos del infierno que circundan su ciudad, donde él sospecha que se esconde un huidizo misterio, y por eso debe «espiar por una cerradura para descubrir el revés de la vida, el país extranjero donde todas las cosas cambiaban de signo». Ahí está, intuye él, ese secreto que necesita, que quiere descubrir para seguir adelante y ser ese héroe que regresa a su hogar, enriquecido por un conocimiento que los demás no tienen.

«La celada» muestra otra faceta de la estética ribeyriana: la narración perfectamente realista que, de repente, hacia el final, desliza en el argumento un elemento fantástico. Uno solo, lo que provoca una intensa sorpresa. Al estilo de «Ridder y el pisapapeles». ¿Cuál de las dos Gladys es la verdadera? Siempre con la pincelada tragicómica de lo que él llamaba «el chasco», pues sus personajes sueñan con situaciones que por lo general nunca logran, que se alejan a medida que se acercan a ellas hasta darse de bruces con la realidad, como le ocurre al personaje de «Una aventura nocturna». El relato «Monerías» comparte esa aura fantástica, aunque en una situación que es menos frecuente en su obra: algo que se va desbordando poco a poco, por vía del absurdo, hasta volverse insostenible. Esta narración, en cuya factura se puede reconocer el elemento de la fábula, podría además tener un tinte crítico y social enfocado en los derechos de los migrantes andinos, una situación que por esos años —el cuento está firmado en 1976— tenía relevancia política. «Espíritus» está también en la línea del elemento fantástico en relación con un pasado que regresa al ser convocado, unido a otro de los elementos clásicos de este género: el objeto inquietante que tiene vida por sí mismo y contiene claves de otra época, y que no es un pisapapeles ni una insignia, sino, en este caso, un «extraño objeto metálico».

En los cuentos se respira además el cosmopolitismo de alguien que vivió entre Europa y Latinoamérica, y esto se ve en «Las laceraciones de Pierluca», en la descripción rigurosa de ese sofisticado universo del mar catalán en Cadaqués al que fueron asiduos tantos escritores latinoamericanos de su generación, como Jorge Edwards, Fuentes, García Márquez, Vargas Llosa y Bryce. Aunque, en el cuento, con un tinte más enigmático y trágico, pues el artista acaba por fundirse, por vía del destino, con su propia obra. Una fusión acuática en las aguas maternales del Mediterráneo.

Ribeyro está ahí, profundamente, en cada una de estas narraciones, y volver a leerlo es motivo de alegría, como encontrar la imagen de un ser muy querido en una foto recién descubierta. Por eso la publicación de este libro es un acontecimiento no solo literario, sino que está en la esfera afectiva, espiritual y humana de un autor que nos enseñó a leer mejor, a comprender intensamente la vida y a amar aún más la literatura.

Santiago Gamboa

Invitación al viaje

«La noche es una copa de mal».
CÉSAR VALLEJO

I

Empezó, entonces, un recorrido absurdo por el perímetro de la villa. Aprovechando esa especie de inmunidad que les confería la noche, apedrearon las casas solariegas, invadieron los jardines públicos, atacaron a los pájaros en sus nidos, a los gatos en los tejados. La imaginación de Lucho era inagotable y su ardor no conocía fatiga. Teodoro lo seguía, sintiendo decrecer su entusiasmo con el espesor de la noche. Al cabo de un tiempo, se encontraron caminando por los terrenos baldíos de una antigua hacienda que la ciudad había empezado lentamente a devorar. Lucho, a la cabeza, saltaba las acequias ayudándose con una vara de laurel. El cielo había perdido su resplandor y en la oscuridad se escuchaba el canto de los mochuelos. Al llegar a una tapia, se detuvieron.

—Hagamos un alto —dijo Lucho y se sentó sobre la hierba.

Teodoro lo imitó. Su mirada espiaba con inquietud el firmamento, donde las nubes habían empezado su marcha silenciosa. El temor de que cayera una garúa lo alarmó.

—¿Para qué me has traído aquí?

—Yo no te he traído —replicó Lucho—. Hemos venido. Eso es todo.

Luego vino un silencio prodigioso durante el cual cada uno escuchaba en sus arterias la circulación de su sangre. Vagamente, como viniendo de un otro mundo, llegaba a veces el rumor del mar. Como una hora antes, en la huaca abandonada, Lucho experimentó esa sensación de plenitud que parecía desencarnarlo de su propia materia. Volviendo el rostro hacia Teodoro, buscó en él una palabra, tan solo un gesto de aprobación. Pero este yacía acurrucado, insensible a toda forma de hechizo y sus pupilas abiertas exploraban temerosamente las tinieblas.

—¡Vámonos de aquí! —murmuró Teodoro—. Hay hormigas en el pasto y las lechuzas vuelven a cantar.

Lucho se levantó de un salto. Estaba casi arrepentido de haber buscado a ese compañero para su aventura. Mirando por encima de la tapia, divisó el campo de aviación. En los hangares había pequeñas luces. Una población de obreros nocturnos se desplazaba alrededor de los aviones. Algún día tendría que volar...

—Sí, vámonos —replicó suspirando—. Vámonos a otro sitio —y se lanzó desesperadamente a través de la bruma.

A mitad del camino, Teodoro lo alcanzó. La gorra en la mano, la frente arrasada de sudor, había tropezado varias veces hasta morder la tierra.

—¿Adónde vamos ahora?

—Al cinema.

—Pero es muy tarde...

—Tomaremos un taxi.

Pronto llegaron a las calles luminosas. Lucho detuvo un auto de plaza y ambos cayeron en el asiento posterior.

—Llévenos al parque.

—¡Al parque no! —protestó Teodoro—. ¡Allí nos pueden ver!

—Pues, entonces, a los rieles del tranvía.

El chofer los observó por el espejo. Vio sus rostros infantiles donde la noche ponía una máscara ojerosa. El auto comenzó a rodar interminablemente. Solo al cabo de un rato apercibieron que la ruta que seguían no era la indicada.

—¡A los rieles, he dicho! —exclamó vivamente Lucho.

—Los rieles son muy largos. ¿A qué parte quiere usted ir?

—A Surquillo.

El carro deshizo su camino. Al cabo de media hora, llegaron al paradero del tranvía. Una vez apeados, Lucho contó su capital. Le faltaban ya tres soles.

—No te va a alcanzar. Te lo había dicho —observó Teodoro—. ¿Tú crees que con veinte soles te puedes ir de tu casa?

—No seas idiota. Ya verás. Además, no hay por qué tomar taxi a cada rato.

Al lado de los rieles, había una pequeña feria. Una docena de kioscos de madera adornados con serpentinas y quitasueños arremolinaba a una numerosa población de noctámbulos. Algunos bebían cerveza, otros hacían tiro al blanco. El bullicio, el humo, el olor de las frituras creaban un ambiente de carnaval que de inmediato los sedujo.

—¿Y si nos quedamos acá?

Teodoro miró los carteles del cinema que se hallaba al frente. Un hombre uniformado hundía su puño en la quijada de un bandido mientras con el zapato aplastaba la cabeza de otro. Se hubiera decidido a entrar, pero ya Lucho se dirigía hacia un kiosco.

—Estoy harto de cine —dijo—. El cine se ha hecho para verlo de día. Además, tengo hambre. Comeremos algo.

Las enormes butifarras rebosantes de lechuga y de cebolla fueron atacadas con ferocidad. La chicha morada les dejó un bigote negro sobre el labio.

—¡Ahora me siento mejor! —exclamó Lucho, frotándose el vientre—. Me parece que la noche recién comienza —y dio una fuerte palmada en la espalda de su amigo.

Este quedó inmóvil. Había observado que eran las once pasadas. Comenzaban a faltarle las fuerzas.

—¿Pero es verdad, pero es verdad que no piensas regresar a tu casa?

—¿Para qué? ¡La paliza que me caería! Además, no necesito. Puedo vivir solo. ¿Tú no crees, acaso? Tengo plata para unos días. Después a trabajar. ¡Y tú me has jurado no moverte de mi lado!

—Sí, es verdad —murmuró Teodoro y, sin poder evitar un gesto de resignación, empezó a seguir a su compañero.

Delante de cada kiosco, Lucho se detuvo. Disparó flechas, plumillas, perdigones. Como no podía dar en el blanco, se lanzó a la rueda de Chicago, luego a los caballos de madera. Disfrazado de indio, se hizo tomar una fotografía. Por último, una pitonisa le adivinó la suerte sobre las rayas de la mano, prometiéndole novias rubias y morenas, hijos, mucha suerte en los negocios.

—¡Seré rico! —gritaba Lucho, golpeándose el pecho—. ¡Me compraré caballos y automóviles!

Teodoro, sin participar en estos juegos, lo observaba en silencio. A menudo se sorprendía del entusiasmo que ponía su amigo en cada incidente y se preguntaba si aquello podría durar siempre. Debía haber allí algo de la fiebre, quizá de la locura. Sus ojos estaban encendidos y de sus labios brotaban tan pronto injurias como carcajadas.

Algunos kioscos habían comenzado a cerrar. Las aberturas que daban acceso al público eran cubiertas con tablones y, a través de las rendijas, Lucho se entretuvo en observar cómo los dependientes preparaban sus camas sobre el suelo. En uno de esos puestos, una mujer comenzó a desnudarse. Lucho sintió que la sangre le remontaba hasta los ojos, que algo así como un prodigioso secreto se le iba a revelar. Súbitamente, la luz se extinguió. Su rostro debía haberse demudado, pues, al volverse, Teodoro quedó mirándolo con extrañeza.

—¿Qué hay?

Lucho quedó silencioso, la mirada perdida.

—¡Todavía hay un kiosco abierto! —exclamó para disimular su turbación y, mientras corría hacia el último puesto, evocó con insistencia esa blusa desabrochada por donde un seno oscuro asomara como un misterioso fruto.

—¿Qué? ¿Todavía piensas seguir jugando?

Al fondo del kiosco, sobre una grada, había varias hileras de botellas. Un viejo dormitaba en una silla.

—Deme cinco anillos —ordenó Lucho.

Teodoro cruzó los brazos. Al cansancio, a la inquietud se les unía la nostalgia. La imagen de su cuarto abrigado, de sus sábanas ásperas, de sus hermanas que seguramente reían, llegaban a él como los fragmentos de un mundo perdido.

—¡Ahora te juro que no fallaré! —exclamaba Lucho.

Los aros volaban hacia el gollete de las botellas. Solamente al final, después de un absurdo equilibrio, un anillo penetró hasta la base de madera.

—¡Gané! —gritó Lucho, elevando los brazos.

El viejo, que se había vuelto a dormir, abrió un ojo sobresaltado. Luego de constatar la pertinencia del tiro, se desplazó con movimientos muy lentos y entregó la botella al ganador.

—¿Se la destapo?

Lucho la observó. Leyó en su etiqueta la palabra «Coñac». En realidad, no imaginó qué podría hacerse con ella. No era la esperanza del premio lo que lo había incitado a tirar, sino el placer mismo del juego. Para decidirse, buscó la mirada de Teodoro. Este se había retirado hasta una acequia y se entretenía tirando piedras sobre el agua fangosa.

—Destápela —ordenó.

Luego de beber un sorbo que escupió en el acto, se precipitó sobre su amigo. Agazapándose, saltó sobre sus espaldas.

—¡Mira lo que tengo! Anda, ¡tómate un trago! —y le alcanzó triunfalmente la botella.

Teodoro dio un salto atrás. Su rostro estaba transformado en una careta pálida donde la cólera había trazado un surco de vejez.

—¡Quita de acá! —exclamó—. ¡No eres solamente un ladrón, eres también un borracho!

La sonrisa se congeló en los labios de Lucho. Sus brazos descendieron lentamente y de la botella comenzó a caer un chorro de licor sobre la tierra.

—¿Qué te pasa?

—¡Ya estoy harto de todo esto! —continuó Teodoro, arrojando con furia su gorra al suelo—. ¡Me voy!

—¿Me vas a dejar?

—Sí.

Lucho contempló un momento la mancha olorosa que el licor dejaba sobre el suelo, luego la gorra que había rodado hasta el borde de la acequia. Enderezando la botella, la introdujo en su bolsillo.

—Pues bien, ¡anda vete!

Teodoro le dio la espalda y comenzó a retirarse. Por un momento, Lucho concibió la esperanza de que retornaría. Pero sus pasos eran cada vez más precipitados.

—¡Teodoro! —clamó—. ¡Teodoro! —pero su amigo prosiguió su marcha aceleradamente.

—¡Nunca serás un hombre! —gritó antes de que la silueta se esfumara—. ¡Óyelo bien, nunca podrás decir que eres un hombre!

La provocación fue inútil. Teodoro desapareció tras el paradero del tranvía sin volver siquiera la cabeza. Lucho quedó solo. Todos los kioscos estaban apagados. El viejo había colocado el último tablón. Un acoplado hizo sonar su bocina a la distancia. En vano buscó a su alrededor una figura humana. ¿Dónde estaba la gente que vivía de noche? Una punta de decepción le rasgó las entrañas.

—¡Borracho! —masculló entre dientes con un rencor sin destino y, extrayendo la botella de su bolsillo, la estrelló furiosamente contra un árbol.

II

Los habitantes de la noche no permanecían en la calle, como los árboles. Debían tener sus refugios secretos —probablemente oscuros, poblados de gatos y de naipes—, donde practicaban sus juegos nocturnos. Era necesario seguirles los rastros —ranura de luz, pañuelo olvidado— y sorprenderlos en su propia vigilia. Lucho frotó sus labios donde el coñac había dejado un sabor amargo y, después de escupir en el suelo, atravesó decididamente los rieles.

Delante de cada cafetín se detuvo. La mayoría estaban desiertos, a punto de cerrar, con tres o cuatro hombres que, en el mostrador, se despedían de su última copa. Los mozos ponían las sillas sobre las mesas y limpiaban las baldosas con aserrín. Algunas puertas se abrían con estrépito y los borrachos, expulsados, quedaban en la calzada lanzando injurias. Todo eso era mezquino, un poco vil, y Lucho tenía la idea vaga de que se atentaba contra su ilusión. A pesar de ello, continuó su marcha, atento siempre a la maravilla. Las calles se iban haciendo solitarias.

Fue en una de esas calles donde se encontró, de pronto, con un enorme automóvil rojo que lo deslumbró. Su carrocería brillaba de una manera irreal, mágica. Aproximándose, lo contorneó, lo palpó hasta dejar la marca de sus dedos. Su lujo era ofensivo para ese barrio humilde. En su interior, cabeceaba un chofer uniformado. Lucho pensó, por un momento, que estaba soñando, que estaba hundido bajo las frazadas, abrasado de fiebre.

Al lado del auto se veía la mampara movediza de un bar. Su curiosidad lo arrastró hasta el umbral y de un manotón abrió los postigos. Entonces fue como si se hubiera quitado unos algodones de los oídos: un murmullo espeso donde era imposible discernir cualquier sonido coherente hervía en el recinto cuadrado. La gente reía, fumaba, bebía cerveza, engullía monstruosos platos de lomo saltado. Los mozos circulaban a una velocidad vertiginosa, bromeando, dándose órdenes, insultándose. Escogiendo una de las pocas mesas libres, se sentó. Su mirada no encontraba reposo, saltaba sobre el perfil de cada parroquiano, penetraba en sus gestos, en sus ademanes. «Ninguno de aquellos es —se dijo—, están sin corbata, ni siquiera tienen reloj».

Solo al cabo de un tiempo se dio cuenta de que algo se estaba desarrollando en la sala. No fue ninguna razón concreta la que despertó en él esta sospecha. Era algo así como una carga extraña en la atmósfera, como un estado de tensión invisible que todo el mundo trataba de ocultar. En la mesa vecina, dos jóvenes conversaban muy bajo mirando el mostrador. En el mostrador se había apoyado un negro de una corpulencia singular. El codo sobre la tabla, el cigarrillo en la mano, no desprendía su mirada del fondo de la sala. Su mirada era resuelta, fija, impertinente y ni aun el humo que ascendía de sus dedos lo hacía pestañar. Lucho siguió la dirección de su mirada y fue entonces cuando pudo verlo. El hombre que él buscaba no podía ser otro. Su imaginación, sus pupilas, que ya empezaban a lagrimear, lo revistieron de una aureola dorada. Era un montón de grasa sostenida en una silla con la opulencia de un buda. Una cabeza ancha, calva, rojiza, donde brillaban unas gotas de sudor. Los párpados hinchados apenas dejaban ver una ranura acuosa donde se ahogaba una chispa de ironía. Los mofletes caídos, el labio inferior colgante, la majestad de la papada le imprimían un aire manso de perro envejecido. Por su camisa entreabierta se veía un pecho seboso poblado de pelos entrecanos. Una cadena de oro en la muñeca, una piedra roja en el anular completaban su atuendo. Sus dedos cortos jugaban con un vaso donde lucía un líquido amarillo y su mirada, también la suya, yacía impasible sobre el negro.

Lucho tendió el oído hacia la mesa vecina.

—Yo creo que esto no resulta.

—¡El imbécil de Augusto no tiene trazas de moverse!

—¡Maldita hora!, y ya hemos pedido tres cervezas.

—Para colmo, allí están Serrucho y su tira.

—Pero ellos son del lote de Augusto. Por ese lado, no hay peligro.

—¡Calla! Habrá que esperar.

Lucho se volvió para observarlos. Uno de los jóvenes era amarillo, huesudo y con el dedo se rascaba nerviosamente el bigote ralo. Hurgando en el cenicero, escogió un pucho y lo encendió. El otro, que estaba de espaldas, se miraba en el espejo y con un peine rehacía su cabellera. Al volverse, mostró un rostro redondo, opaco, rasurado, donde los labios de un rojo subido parecían pintados con colorete. A pesar de tener los rasgos diferentes, ambos parecían reunidos por un extraño aire de familia. Sus rostros juveniles aparecían usados, cocidos por la vigilia. También sobre ellos la noche había dejado caer su ácido violento de brumas y de estrellas.

De pronto, algo sucedió al fondo de la sala. Debía ser un vaso o una botella que había estallado porque, en el silencio que se hizo, se escuchó aún el tintineo de los vidrios. Cuando Lucho se volvió, pudo ver que el hombre gordo se había levantado, dejando caer la silla. Su rostro estaba morado y de su labio pendía un hilo de baba.

—¡Basta ya! —rugía, golpeando el mármol con el puño—. ¡Miras, miras y no haces nada más que mirar! ¿Qué esperas para irte de acá? Si no te vas, te voy a hacer sacar por la fuerza. ¡No quiero verte la cara!

El resto del bramido se perdía en el murmullo. Las conversaciones se habían reiniciado y todo continuaba como si nada hubiera sucedido. Un mozo barrió los vidrios y la silla tumbada fue puesta en su lugar.

—Esto comienza —murmuró el joven amarillo.

—Pero Augusto no se mueve.

«Augusto es el negro», pensó Lucho y se volvió para observarlo. Sin haber cambiado de posición, sin haber chupado su cigarro —la ceniza enorme estaba a punto de caer al suelo—, miraba aún el fondo de la sala. En sus labios gruesos flotaba una sonrisa.

—¡Augusto! —rugió nuevamente el gordo. Su voz esta vez parecía implorar—. ¡Augusto, ven acá! ¡Ven acá, te lo digo!

El negro no se movió.

El gordo comenzó a avanzar. Sus movimientos eran de una lentitud majestuosa. Lucho lo vio acercarse, la mirada fija en su objetivo, empujando con el vientre cuanto encontraba en su camino. Por fin, llegó al lado del negro. Su pantalón era de una tela sedosa y sus pies estaban calzados con sandalias.

—Augusto, ¿qué cosa es lo que tienes? —y lo abrazó con sus tentáculos velludos.

El resto de la conversación no pudo entenderlo. Hablaban con la cabeza muy junta. Sobre el mostrador, un mozo sirvió dos copas y ambos brindaron entrecruzando los brazos.

—En fin, creo que se arregló —escuchó Lucho murmurar a su costado.

—Hay que estar atentos, se nos pueden adelantar.

El negro y el gordo continuaron un rato abrazados. Por momentos, se tambaleaban como si fueran a caer. No se sabía si estaban luchando o si se felicitaban. El negro, separándose, extrajo una gorra de su bolsillo. Sus labios se proyectaron hacia el oído del gordo y cuchichearon algo.

Luego —el movimiento fue tan lento y sin embargo tan secreto—, el gordo extrajo de su bolsillo un billete enorme y lo retuvo bajo el mostrador, a la altura de su vientre. La mano negra fue avanzando hacia la mano blanca, ambas se confundieron en una mancha gris y pronto el billete desapareció. Fue solo entonces cuando el negro se enderezó, sorbió el concho de su copa, se caló la gorra y, dirigiéndose hacia la puerta, abrió la mampara de un pechazo.

Todo esto sucedía en medio de un ruido infernal. Lucho se preguntaba por qué no todo el mundo se había puesto de pie para observar ese espectáculo, porque solamente él y los muchachos de al lado lo habían seguido con las pupilas dilatadas. ¿Qué conspiración, qué horrible trampa se estaba urdiendo en aquel lugar?

Pero no había tiempo para hacer preguntas: el gordo volvía a caminar. Con la misma lentitud de hacía poco, regresaba a su mesa. A mitad de camino, sin detenerse, sin volver siquiera la cara, gritó: «¡Un *whisky*!» y antes de que llegara a sentarse ya se lo habían servido. Después de llevarse el vaso a los labios, encendió un cigarrillo y miró despaciosamente la sala. Lucho pensó que aquella no era una mirada normal, una mirada inocente como la de quien mira el mar o mira la luna. Era una mirada que veía otras cosas y las transformaba. Un chispazo —el faro que pasa y nos descubre— lo hirió en plena frente y Lucho se sintió como atrapado. Pero ya nuevamente la voz rebotaba en las paredes:

—¡Cerveza en abundancia, cajones de cerveza! —y su puño se rajaba contra el mármol.

—Es el momento —dijo una voz a su lado.

Lo que vino después Lucho no se lo pudo explicar. De pronto, la mesa del hombre se vio rodeada por un grupo de personas que discutían agitando los brazos. Entre ellas estaban los muchachos de la mesa vecina. El huesudo que fumaba colillas tenía el perfil furioso.

—¡A ustedes nadie los ha llamado! —gritaba.

—¡Aquí no hay preferencias! —balbuceaba un cholo bajito que usaba tirantes.

Todos callaron. El gordo había vuelto a gritar.

—¡No quiero líos! ¡Se sientan todos o se van! ¡Sillas por acá!

Pronto todos quedaron sentados en semicírculo alrededor de su mesa. Habían cogido cigarrillos y echaban humo por las narices. La mesa estaba llena de botellas de cerveza y los mozos seguían trayendo otras que dejaban al lado de las sillas. El gordo movía los labios. Lucho no escuchaba sus palabras, pero los que estaban a su lado reían ruidosamente.

«Debe estar contando chistes», pensó y decidió aproximarse cuando observó que alguien estaba a su lado. Un mozo lo miraba con el ceño encrespado.

—Y tú, ¿qué haces acá? ¿Hace rato que has venido?

—Sí —replicó Lucho, intimidado.

—¿Estás solo?

—Sí.

—¿Qué tomas?

—Un vaso de leche.

Cuando el mozo se retiró, Lucho pensó que se había equivocado. Había sido un error decir que estaba solo. A esa hora los chicos de su edad no andaban solos. El mozo podía sospechar algo, podía adivinar que era un colegial aventurero.

«He debido decirle que esperaba a mi padre», pensó y de inmediato sintió un estremecimiento. Recordó el cementerio, el cuartel abandonado junto al río y la jardinera donde se pudrían las flores. «Dejemos en paz a los muertos —se dijo—. Pensemos en otra cosa. Pensemos, por ejemplo, que estoy en un barco y que voy a llegar a un puerto».

Esta vez, sin embargo, la escena fue más violenta. Muchos parroquianos quedaron con el tenedor suspendido cerca de la boca. Lucho vio que el gordo había extendido la mano por encima de la mesa y frente a él uno de sus invitados se quejaba frotándose los ojos. El líquido amarillo le goteaba por las mejillas.

—¡No quiero groseros aquí! —bramaba—. ¡Groserías a otra parte! ¡Hay que tener clase hasta para insultar! ¡Salga inmediatamente!

El joven de los tirantes había sacado su pañuelo para secarse el rostro mientras se desbocaba en injurias.

—Váyase de mi mesa, ¿entiende?

El joven de los labios encendidos se levantó.

—¿No has oído? Dice que te vayas.

Entonces, empezó la batalla. Debían ser dos grupos los que peleaban, pero, en realidad, parecía que cada combatiente solo se preocupaba de golpear a su vecino. Era un núcleo confuso en el cual, de pronto, se destacaba un pie, un puño cortando el aire, un rostro partido, una silla puesta de cabeza. De las gargantas salían súplicas, rugidos, juramentos. Los mozos y clientes de otras mesas intervenían, eran absorbidos por una fuerza centrífuga, salían despedidos, volvían a la carga... Y detrás, contra la pared, el gordo elevaba las fauces contra el techo y chillaba:

—¡Jack, Jack, Jack!

La mampara se abrió con estrépito y una figura apareció en el umbral. El ruido del combate duró aún unos segundos: un pie que no tuvo tiempo de detenerse, una botella que rodó hasta encontrar resistencia. Pronto todo quedó en silencio. Los combatientes yacían en el suelo, en las posiciones más ridículas, como huidos del tiempo.

—Jack —el gordo señaló con el índice a su alrededor—: aquí hay gente fastidiosa.

El hombre —que estaba uniformado como un chofer— avanzó unos pasos. Lucho pensó que esa no podía ser una persona humana. Su altura era tan inverosímil que destruía el sentido de las proporciones. Los mozos a su lado parecían pigmeos. Su rostro era rojo, sin expresión, extranjero. De tres zancadas había llegado hasta el campo de batalla.

—Quítalos de aquí.

La orden no necesitó ser repetida. Antes de que pudiera intervenir, los caídos se dispersaron en todas direcciones, saltando por encima de los obstáculos, reptando por debajo de las mesas. La mampara sonó una, dos, tres veces y quedó al fin meciéndose hacia afuera y hacia adentro con un chirrido seco de bisagras.

Solamente, contra la pared, había quedado el joven huesudo y su compañero. Estaban demudados, rígidos y Lucho recordó que así se ponían los condenados delante del pelotón de fusilamiento. De la frente de uno de ellos chorreaba un hilillo de sangre.

—Y ustedes, ¿qué esperan? —dijo el gordo, señalando la calle.

Ambos se fueron retirando, la cara vuelta hacia atrás, como temiendo una traición. Antes de llegar a la puerta, apuraron el paso.

Cuando se disponían a cruzar el umbral, el gordo lanzó una exclamación y los dos se volvieron:

—Todavía no has terminado tu vaso —murmuró, mirando a uno de ellos.

El joven de los labios encendidos vaciló, cambió una rápida mirada con su compañero y, sonriendo pálidamente, regresó sobre sus pasos. El otro lanzó una maldición y, abriendo la mampara de un puntapié, se lanzó a la calle.

El gordo —Jack se retiraba ya hacia la puerta— recibió al joven con la pulposa mano extendida y lo acomodó a su lado. Con una servilleta, comenzó a enjugar la sangre que manaba de su frente. De sus labios salía un murmullo meloso. Los tenedores habían regresado a las bocas mientras que —misteriosa consigna— el bullicio renacía en todo su esplendor. Lucho se dijo que él no podría comprender jamás esas cosas, que de noche una locura súbita descendía sobre los hombres y que, por eso, quizá, las madres ponían candados en las puertas y enseñaban a ver demonios en las sombras. Hundiendo su nariz en el vaso de leche, ahogó un primer suspiro.

Estoy en un barco, pensó, y voy a llegar a un puerto.

III

El cielo había devorado a sus estrellas. Una niebla opaca colgaba por jirones de los tejados, de los postes eléctricos. Con las manos en los bolsillos, Lucho erraba sin rumbo por las calles de Surquillo. A las tres lo habían echado del bar junto con una turba de bohemios contumaces. Poco antes, el gordo y su acompañante habían abandonado el local cruzando entre una doble fila de mozos que, sus escobas en mano, parecían presentar un saludo, como una ridícula guardia de opereta. Desde su mesa, Lucho sintió arrancar el automóvil. A partir de ese momento, la noche comenzó a parecerle demasiado larga. En el reloj del bar, había visto a los minutos caminar sin prisa y, a veces, recostarse, indolentes, bajo el capitel de un número romano.

Pronto se encontró nuevamente en los rieles del tranvía. La fatiga le oprimía el pecho, le cargaba de pereza los párpados. La idea de tomar un hotel había acabado por tentarlo. Al hacer el recuento de su capital, constató que solo le quedaban tres soles. Su porvenir se pobló de tinieblas. «La maldita feria tiene la culpa de todo», pensó, al ver los kioscos amontonados en la bruma. La rueda de Chicago hacía girar su lóbrega armadura. La tienda, aquella tienda en cuyo interior estuvo a punto de revelársele un secreto, arrojaba por sus rendijas un fleco de luz. ¿Sería una ilusión? Lucho comenzó a aproximarse de puntillas y se preguntaba si la mujer estaría dormida y si su seno oscuro sería blando o tibio o dulce como la carne de los duraznos. Al final de la calle, divisó dos luces amarillas perforando la neblina. Pronto empezaron a desplazarse sin ruido...

No tuvo tiempo de pensar. Dejándose caer, se hizo un ovillo y rodó hasta el lecho de la acequia. El corazón le quemaba las entrañas y el sudor comenzaba a brotarle copiosamente. No era, sin embargo, miedo lo que sentía. Era un temblor nuevo, una embriaguez, un coraje de animal acosado. «Me persiguen —pensó, viendo pasar el reflejo amarillo por su costado—. De mi casa deben haberles avisado». Los grillos empezaron a cantar sobre la hierba. Cuando la luz se extinguió, Lucho pudo erguirse. El patrullero había desaparecido en la noche, como una piedra al fondo de un pozo.

«Ahora, a huir —se dijo—. Debo caminar pegado a las paredes hasta encontrar un hotel. Mañana tomaré un camión y me iré donde Dios quiera». Cuando se disponía a partir, vio un objeto familiar al lado de la acequia. Era la gorra de Teodoro. Sin vacilar, se la puso pensando vagamente que sería necesario disfrazarse. Luego de limpiarse el lodo, se lanzó hacia las calles penumbrosas.

Él recordaba haber visto un hotel, más allá de los últimos bares, en una calle sin asfaltar. Guiado por la memoria de su primera andanza, comenzó a cruzar las esquinas. Caminaba pegado a las paredes, como un aparecido. Cuando percibía un reflejo o un ruido, se proyectaba sobre un ángulo oscuro y se confundía con las cosas. Pronto aquello le pareció divertido y le bastaba imaginar un peligro para encontrarse de bruces sobre una mata de geranios. Al final, el juego terminó por aburrirlo. Se dio cuenta de que su presencia no era advertida por nadie, que ningún peligro real lo amenazaba y que su misma angustia no era sino el resultado de una inmensa farsa. Desconcertado, comenzó a caminar por el centro de la pista.

Por fin llegó a la calle sin asfaltar. La casa —¿sería la misma?— estaba sumida en las tinieblas. Lucho se detuvo junto a la verja y tendió el oído hacia el interior. No se percibía ruido alguno. Una placa, sin embargo, decía «Cuartos para viajeros». La puerta estaba entreabierta y Lucho ingresó al pequeño jardín. Luego de subir unas gradas, se encontró en una terraza sobre la cual una sólida mampara le cerraba el paso. Uno de los postigos cedió a su presión e, introduciendo la mano a través de la rejilla, alcanzó el cerrojo. Al deslizarse en el corredor oscuro, tuvo la impresión inmediata de que allí, entre esas paredes, palpitaba sordamente la vida. No era solamente el rumor de una música viniendo de una habitación muy profunda, sino el olor a cuerpo humano, a invisibles presencias que lo cercaban. Sobre un sillón, en la penumbra, parecían desplazarse formas extrañas. Allí, como en la huaca, como más tarde en el bar, Lucho tuvo la certeza de tocar uno de esos límites nocturnos donde empieza lo irreal.

Estaba dispuesto a escabullirse cuando una puerta se abrió. Un torbellino de luz y de rumor se desbocó sobre el pasillo. Desde el umbral, un hombre lo contemplaba batiendo los párpados somnolientos. En su mano tenía una enorme botella.

—¡Adónde vas...! ¿No me oyes? ¡Ven! ¡Conque te quieres escapar!

Cuando descorría el cerrojo de la mampara, sintió que una mano lo cogía del pescuezo. Luego, sin saber cómo, se encontró en el centro de una inmensa sala. La luz lo cegaba y apenas pudo percatarse, al comienzo, de que un gran silencio había reemplazado al estruendo. Hasta la radiola automática después de un último alarido había quedado muda. Desde los taburetes que rodeaban el mostrador, varias personas se habían vuelto para observarlo. Del fondo de los sofás, se erguían algunos cuerpos con indolencia. Lucho repasó esas caras como la colección de máscaras de una tienda. Una mujer robusta se había deslizado muy cerca suyo y lo miraba estupefacta, los brazos en la cintura.

—Un visitante —dijo el hombre que lo tenía aferrado por el cuello.

Entonces, en medio del silencio, rebotó una carcajada, luego otra y pronto una marejada de hilaridad recorrió toda la sala. Lucho, aterrorizado, trató de escaparse, pero se sintió clavado a la mano de su guardián. Cuando amainó el estruendo, la mujer dio un paso hacia él.

—¿Qué haces aquí tú?

Lucho intentó replicar, pero fue imposible. Su guardián estaba a punto de asfixiarlo.

—¡Suéltalo, tú, y anda a pagar tu cerveza! —chilló la mujer.

La mano lo soltó. Lucho se frotó el cuello y lanzó una mirada más resuelta a su alrededor. Observó, entonces, que había muchas mujeres, demasiadas mujeres y que todas ellas, por algo que era imposible discernir —sus vestidos de colores, sus aderezos, su vejez empolvada—, parecían disfrazadas de mujeres bellas. En un rincón, reconoció al negro del bar acariciando a una mujer sumida en sus rodillas.

—¡Habla, pues, o te has tragado la lengua!

—Quiero tomar un cuarto —replicó Lucho.

El desorden se produjo nuevamente en torno suyo, pero esta vez en forma convulsiva. Los pechos se rajaban de risa. Muchos lo señalaban, balbuceaban, se retorcían, lagrimeaban. El negro había vuelto su dentadura contra el cielo y, al verlo, Lucho pensó en esos asnos que de pronto, en los potreros, levantan la quijada y se ponen a chillar al sol.

—¿Eso es lo que has aprendido en el colegio? —gritó uno.

—¿Y con cuál te piensas ir?

—¡Tú tienes derecho a media tarifa!

Las exclamaciones se sucedían. Cada frase era coronada por una ola de carcajadas. Lucho escuchaba las palabras, pero no podía comprender su sentido. Parecía tratarse de una lengua secreta. Los hombres hacían signos con los dedos, las mujeres levantaban las faldas para enseñar sus piernas mugrientas.

—Solo por esta noche —agregó al fin, casi con rabia.

Aquello fue ya la locura. Lucho quedó tan confundido que llegó a creer que estaba al fondo de una pesadilla. Al mirarse en el espejo, con esa gorra ajena y el terno sucio de barro, se desconoció y estuvo a punto de lanzar un grito. A su alrededor todos aplaudían, danzaban, brindaban. Algunas mujeres lo estrecharon entre sus brazos. Una más osada lo levantó en vilo y le frotó el rostro con sus labios pintados. Solamente la mujer corpulenta bramaba pidiendo silencio.

—¡Basta de ruido! ¡Puede venir la policía! ¡El patrullero ronda por afuera! ¿Se van a callar?

Aquella fue la palabra mágica. Todos regresaron a sus sitios y el rumor fue decreciendo. Cuando el orden se restableció, Lucho pudo observar que tenía el rostro manchado de *rouge* y que había perdido su gorra en el tumulto. La mujer corpulenta y un pequeño número de curiosos aún lo rodeaban.

—Este no es sitio para chicos como tú —le dijo—. ¿Qué haces a estas horas en la calle? Tienes el terno todo sucio. Debes regresar a tu casa.

Lucho miró hacia la puerta, pero no se atrevió a dar un paso. La cercanía del patrullero le devolvía sus antiguos temores.

—¿Qué? ¿Acaso te has escapado de tu casa?

—Sí.

—¿Por qué? ¿Te han pegado?

Lucho vaciló antes de replicar. Le costaba trabajo decir una mentira. En su casa jamás lo habían castigado. Por el contrario, todo fue siempre para él disimulo y perdón. Sería tan difícil explicar la historia de los barcos, de las noches, de las cortinas corridas sobre el mundo... Eso no lo podrían comprender.

—Sí —contestó—. Me han pegado.

Algunas mujeres se plañeron de su suerte. Los hombres lo miraban escépticos.

—De todos modos —continuó la mujer—, aquí no te puedes quedar. Si viene la policía y te encuentra, me van a poner una multa.

—¿Qué se puede hacer con él? —dijo alguien—. No se le puede echar a la calle.

—Eso a mí no me incumbe —dijo la mujer y regresó al mostrador.

La radiola volvió a sonar. Agotada la sorpresa, todo regresaba a la normalidad. Lucho se deslizó hacia un rincón, buscando un remanso en la orgía, un pequeño ángulo oscuro donde poder cobijarse y tener la ilusión de la soledad. Al volverse, vio que las parejas se abrazaban y se movían lentamente al compás de la música. La gran lámpara se había apagado y solo quedaban encendidos los faroles del bar. Largo rato estuvo contemplando ese espectáculo. La música doliente, las sombras contra el muro, todo favorecía el misterio y Lucho se imaginaba estar rodeado de títeres o de fantasmas. «Debo irme», pensó, pero evocaba las calles neblinosas, el automóvil negro apareciendo bruscamente en las encrucijadas, el desamparo de las plazas dormidas. Recostándose en la pared, trató de contener un bostezo. Las fuerzas lo abandonaban.

La mujer corpulenta se había acercado nuevamente.

—¿Tienes plata? —preguntó.

Lucho puso en su palma todo su dinero.

—¡Va! —replicó la mujer—. Si tuvieras todavía una libra, se te podría alquilar un cuarto hasta el amanecer. Anda pensando lo que debes hacer.

Desde entonces quedó solo, olvidado de todos. Sus párpados habían caído. La música lo adormecía. Seguramente durmió algunos minutos porque al abrir los ojos se encontró súbitamente con el rostro de una mujer que respiraba muy cerca suyo. Sus pupilas estaban vidriosas y de su boca salía un vapor espeso.

—Ven —dijo, tomándolo de la mano.

Lucho trató en vano de resistirse. La mujer, tambaleándose, lo había arrastrado hacia la puerta. Cuando cruzaban el umbral, algunas voces protestaron.

—¿Qué? ¿Te vas a acostar ya? —gritaba la patrona—. ¡Son apenas las cuatro! Todavía no ha llegado la gente del bar Santa Rosa.

La puerta se cerró.

—Subiremos las escaleras —dijo la mujer y Lucho se dejó conducir, sintiendo que su conciencia se disolvía, que cada peldaño era un hilo cortado sobre el mundo. Cuando estuvo en la habitación, apenas pudo observar la gruesa cama con soportes de bronce y las paredes tapizadas de imágenes. La mujer le había puesto la mano en la frente y le hablaba y reía y parecía pronta a llorar. Pero él no vio ni entendió nada más. Caía dulcemente a través de un espacio sin límites.

IV

Solamente cuando le faltó el resuello, se detuvo. Los perros, alertados por su carrera, habían comenzado a ladrar. Atrás, bajo ese cielo despejado donde nuevamente brillaban las estrellas, había quedado la calle sin asfalto. En vano, Lucho trató de explicarse qué había pasado. Solo recordaba su despertar súbito entre una gritería infernal. El tabique del cuarto vecino se estremecía. Sin vacilar, se había precipitado al pasillo para descender las escaleras. Al salir, se cruzó con varios hombres desnudos que vociferaban. Luego se encontró en la calle, respirando un aire puro, mientras sus piernas saltaban sobre los guijarros y lo conducían hacia el centro de la ciudad.

Al mirar a su alrededor, vio que las casas dormían apaciblemente, los grandes párpados de sus ventanas caídos. Algo le decía, sin embargo, que debía desconfiar de esa tranquilidad. Ahora sabía que cada muro podía encubrir una emboscada, que a veces bastaba empujar un postigo o espiar por una cerradura para descubrir el revés de la vida, el país extranjero donde todas las cosas cambiaban de signo. «Huyamos de este lugar», se dijo y reemprendió su camino.

El aire fresco de la noche se infiltraba a través de su ropa y lo hacía tiritar. Pronto se dio cuenta de que estaba por las inmediaciones del mercado. Durante largo rato contorneó sus altas murallas. Él había oído decir a las empleadas domésticas que sus rejas abrían temprano y que sobre la calzada vendían camotes fritos y emoliente, pero las placeras aún no habían llegado. Solo se veía una hilera de carretas vacías por donde merodeaban los perros vagabundos.

Su mirada se perdió en la inmensidad de las calles rectas por donde no se veía cruzar un vehículo. Un gallo cantó en la lejanía. Eso era la soledad. La cercanía del alba lo tocó de una vaga tristeza. Sin percatarse, había proseguido su marcha y se encontró en la explanada del parque. Por encima de la arboleda, la parroquia y el municipio asomaban sus torres venerables.

Al llegar a la alameda, se tendió sobre una banca y quedó mirando el cielo a través de las copas de los ficus. Por momentos, le parecía que empezaba a desteñirse. Algunas estrellas se apagaban. Las semillas de los árboles rebotaban sobre la calzada con un ruido seco. Por las tardes, cuando venía del colegio, pisaba esas semillas hasta hacerlas reventar. Era un placer singular, ajeno a sus sentidos y que provenía, tal vez, de algún oscuro instinto de destrucción. Algunos de sus compañeros lo imitaban. Otros, en cambio, nunca se dieron cuenta de que las semillas existían.

Un gusano se desprendió de las ramas y cayó sobre la banca. Lucho se reincorporó sobresaltado. «No puedo quedarme aquí», se dijo, pensando que podía pasar una ronda de celadores. La idea de regresar al mercado lo tentó, pero sus puertas debían estar aún cerradas. Después de comer los camotes fritos, tomaría un camión. ¿Y luego? Pensaba vagamente en la sierra, en los desiertos de la costa. Sus proyectos eran inciertos. Al imaginar las montañas nevadas de los Andes, sintió frío y se arrepintió de no haber traído ropa de lana. Confundido, prosiguió su marcha, tratando de encontrar un lugar más abrigado que la banca.

En una calle lateral divisó una hilera de casas en construcción. Sus complicados andamios componían a la luz del alba un extraño mecanismo. Lucho pensó que en una de esas casas podía guarecerse hasta que renaciera la vida en la ciudad. Escalando un muro, se introdujo. Las paredes aún no estaban revestidas y mostraban sus ladrillos al rojo vivo. Después de recorrer varias piezas, encontró una donde había apiladas algunas bolsas de cemento. Se veían también plomadas, escuadras y otros instrumentos de albañilería. Cerca del cielo raso, había un andamio al que daba acceso una rústica escalera. Lucho se encaramó sobre él y se extendió a todo lo largo. «Tendré que conseguir una chompa», pensó, mientras sus músculos laxos se expandían en una dulce fatiga. Largo rato permaneció así, tratando de componer un proyecto, luchando contra un invencible desfallecimiento que lo hacía añorar su casa, su madre, su jardín.

Tal vez por ello no se apercibió de una serie de pequeños ruidos que llegaban desde el piso inferior. Solamente cuando un reflejo se vislumbró en el cuarto vecino se dio cuenta de que algo sucedía. Pronto una sombra apareció en la habitación. El cono de luz de una linterna se detuvo en una esquina.

—Aquí hay más —escuchó murmurar.

—Sí, pero esos son los que ahora estamos utilizando.

Una segunda sombra apareció. En la penumbra, Lucho apenas las distinguía.

—¿Cuántos hay ya en el camión?

—Yo he contado veinticinco.

—Me parece que ya está bien.

La conversación prosiguió por lo bajo. Lucho, lentamente, se fue replegando contra la pared. Había alcanzado a divisar una frente cobriza, mordida por un pelo encrespado. Esas facciones le inspiraban un violento terror. En su casa había aprendido a desconfiar de los mulatos. Se decía que tenían la sangre corrompida. El otro era bajito, curtido, tenía rasgos de serrano.

—De acá podemos coger cinco —dijo el bajito.

El zambo, que portaba la linterna, quedó pensativo, cogiéndose la barbilla.

—Yo creo que hasta media docena.

—Bueno, pues. Habrá que apurarse. Ya empieza a clarear.

La linterna se apagó. Cada uno levantó un saco y, en fila, abandonaron la pieza. Lucho escuchó sus pasos descendiendo por la escalera. «Son ladrones de cemento», se dijo, sintiendo que su piel se enfriaba. Pensó que debía escabullirse antes de que retornaran. Estaba ya dispuesto a saltar del andamio cuando los pasos volvieron a sonar. Los hombres ingresaron al cuarto.

—Las bolsas vacías me las tendrás que devolver.

—La otra semana.

—No las vayas a confundir. El patrón se puede dar cuenta.

Nuevamente desaparecieron. Lucho pensó que era inútil tratar de salir. Mejor era esperar a que terminaran su tarea. Al incorporarse, divisó una silueta en el dintel de la ventana. Era un gato. Susurrando, trató de ahuyentarlo. Pero el gato no se movió. Por el contrario, fijó sobre él sus pupilas encarnadas.

Los hombres ingresaron por tercera vez.

—El mayordomo del frente nos ha estado mirando —decía el zambo.

—No importa, ese no abre la boca.

—De todos modos, si te viene con cuentos, avísame. Tú ya sabes cómo hay que tratarlos.

El gato bostezó, encorvando el espinazo. Lucho lo vio dar unos pasos por el dintel. La posibilidad de que se le ocurriera saltar sobre el andamio lo aterró.

El zambo había encendido un cigarrillo.

—¿Cuántos faltan?

—Dos.

—Arriba, entonces.

—Espera. Vamos a arreglar de una vez.

—¿Arreglar qué? Ya sabes cuál es mi propuesta.

—Doce me parece poco. Yo me arriesgo a que me echen del trabajo.

—¡No vengas a última hora con chistes!

—¡Calla! No hagas ruido...

—¡Por más yo tampoco traigo el camión! —prosiguió el zambo, alzando la voz—. ¡Palabras son palabras! Hemos tratado en doce y se acabó.

El zambo había inflado el tórax. Lucho lo vio erguirse de una manera agresiva. Una pausa angustiosa se produjo.

—¡Tu tamaño no me ataranta! —murmuraba el serrano con voz desfalleciente—. Yo soy el que tengo la sartén por el mango.

El gato hizo el ademán de saltar sobre el andamio y Lucho se ovilló contra la pared. Al hacerlo, sintió que algo se escurría de su bolsillo. Debía ser una moneda. Estirando la mano, trató de retenerla, pero fue inútil. Un sol cayó verticalmente y quedó tintineando sobre el piso.

El zambo lanzó una exclamación de sorpresa y dio un salto hacia atrás. Su compañero había reptado hasta esfumarse fuera de la habitación. La linterna fue encendida y, pronto, Lucho se vio cegado por la luz.

—¡Mierda! —exclamó uno de ellos y Lucho quedó asombrado del tono de pavor con que había sido lanzada esa expresión. Los dos hombres habían enmudecido. Pronto empezaron a cuchichear. El gato se había escurrido por la ventana.

—Es un chico —escuchó susurrar.

La luz se fue aproximando. Lucho la tuvo delante de sus ojos. Una mano surgió de la oscuridad y lo aferró de las solapas.

—¿Qué haces tú acá?

La mano tiró de él y Lucho sintió que se precipitaba al vacío. Al estrellarse contra el suelo, una herida se le abrió en la rodilla. En medio del dolor, pudo apenas entreabrir los ojos. El zambo estaba erguido a su lado y con la punta del pie lo removía.

—¿Quién eres tú?

El serrano se había aproximado. Lucho vio su rostro demudado asomar sobre el hombro de su compañero.

—No sé quién será —dijo—. Yo nunca lo he visto.

—Nos has estado espiando, ¿no? —inquirió el zambo y se inclinó sobre él.

Lucho quiso replicar, pero solo se le escapó un sollozo.

—¿Qué hacías arriba?

Haciendo un esfuerzo, se reincorporó sobre un codo.

—¡Estaba durmiendo! —exclamó—. ¡Yo no he visto nada!

El serrano pasó a primer plano. Lucho lo vio abatirse sobre él y luego sintió una rodilla oprimiéndole el pecho. Por un momento, temió que le fuera a partir las costillas.

—Tú has venido a robar... —jadeaba—. ¡No lo voy a saber! Tú has venido acá para robar. ¡Yo soy el guardián y por ladrón te puedo meter un tiro!

Sus ojos se nublaron. El llanto le mordió la garganta.

—No, señor... —masculló—. Yo he venido solamente a dormir... Estoy esperando que abran el mercado...

—¡Déjalo! —ordenó el zambo.

El serrano lo soltó. Ambos se retira ron unos pasos y Lucho los vio deliberar, mirándolo de soslayo. Un silabeo llegaba a sus oídos. Mirando hacia la puerta, pensó si tendría tiempo de escaparse. Necesitaba pegar un gran salto y luego dejarse rodar por las escaleras. Una vez en la calle, la luz del alba, que ya ponía un rectángulo celeste en la ventana, lo protegería. Al tratar de moverse, sintió que la rodilla le ardía como si tuviera allí clavados los dientes de una bestia.

El zambo se acercó. La luz volvió a cegarlo. No obstante, pudo percibir un pedazo de labio sonriente.

—Tú eres mi amigo, ¿no? —dijo—. Yo te conozco desde chiquitín. ¿No te acuerdas de mí? Vamos, te voy a ayudar a levantarte.

Lucho se dejó alzar, la mandíbula caída de estupor.

—¿Verdad que tú eres mi amigo?

—Sí... —musitó Lucho, limpiándose una lágrima.

—¿Qué te decía? —preguntó el zambo, volviéndose hacia su compañero—. Sí es amigo de nosotros. Ahora se va a su casa y todo se acabó.

Lucho se acordó de su moneda y miró hacia un rincón.

—¿Qué buscas? —preguntó el zambo y, alumbrando el suelo, vio brillar la pieza de a sol. Antes de que Lucho se reclinara, la recogió.

—¿Tu papá es rico? —preguntó.

—Yo no tengo papá.

—Tu mamá, entonces.

—Sí.

El zambo se echó la moneda al bolsillo.

—Esta me la prestas —dijo—. ¿No tienes más?

Lucho intentó negar, pero ya el zambo hurgaba en sus bolsillos.

—Todo esto me lo prestas —añadió, recolectando sus monedas—. Otro día te lo devuelvo. Cuando quieras verme, búscame en Barranco. Yo vivo en Barranco —dijo carcajeándose—. Allá todo el mundo me conoce. Pregunta por el zambo Manuel.

Lucho vio que el zambo le extendía la manaza abierta. La suya, pequeña y fría, desapareció entre esa áspera garra. Sus huesos crujieron.

—¿Duele? ¡Pues andando y cuidadito con chistar que te puedo retorcer el pescuezo!

Lucho abandonó la construcción. Cojeando, llegó al centro de la alameda. Al volverse, divisó que el camión empezaba a rodar. Su mirada se clavó al cielo. Las estrellas habían desaparecido. Las tórtolas comenzaban a cantar en la copa de los árboles. Sobre las lomas pardas había atracado el día.

*

Sin saber cómo, se encontró al borde del mar. Herido, hambriento, humillado, sin dinero, las lágrimas estaban a punto de reventar sus pupilas. La noche había terminado. De todo ese viaje solo le quedaba un recuerdo confuso, donde no podía distinguir lo real de lo inventado, y una fatiga cruel que le curvaba la espalda y hacía pender sus brazos como dos ramazales.

Apoyándose en el barandal, contempló el océano, vio las velas de los botes pesqueros desplegadas contra el horizonte. Recordó, entonces, que de pequeño, cuando su padre lo conducía al puerto, había visto partir los barcos desde la rada, había agitado su gorra como si despidiera una parte querida de sus sueños. Más tarde no fueron los barcos, fueron las noches las que vio partir acodado al muro de su casa. Las noches recogían sus pasajeros en todas las esquinas y, lentamente, sin hacer sonar siquiera su bocina, se perdían en la bruma, con un rumbo siempre desconocido. Muchas veces permaneció fascinado ante ese espectáculo, sintiendo circular por sus venas una sangre marinera. Pero pronto las manos —las manos de la madre— lo cogían del brazo y luego se encontraba en una habitación enorme, rodeado de atroces cuidados y donde las cortinas corridas lo privaban hasta del resplandor de las estrellas.

Ahora había conocido la noche en su plenitud. Había visto nacer y morir a los luceros. La oscuridad no tenía para él misterios. Había muchas cosas, es cierto, que no había podido comprender, pero su memoria las conservaba y, tarde o temprano, se volverían transparentes a sus ojos.

Sus grandes proyectos de la víspera, sus apetitos de aventura, parecían haber muerto con la luz del alba. Al mirar a su alrededor, se encontró restituido a su mundo, rodeado de las cosas familiares. Bajo la luz del día, todo lo saludaba. Los ficus agitaban sus brazos cargados de polvo, las casas guiñaban sus persianas y, a lo lejos, los campanarios despedían su primera bandada de campanas.

Volviendo la espalda al mar, emprendió el camino de vuelta a su casa. En el trayecto, pensó que su madre debía de estar angustiada, que debía de haber llorado por su culpa. Pero comprendía también que la alegría de verlo sería su mejor excusa. A pesar de ello, se detuvo y recogió una piedra blanca y pulida —como una concha marina— para entregársela y decirle que la había conquistado para ella en el seno mismo de la noche.

La celada

Cuando regresé a Lima, una de las primeras llamadas que recibí fue la de Gladys. Me invitaba a tomar un *drink* en su casa. Inmediatamente agarré viaje. Siempre me había sentido atraído por esta mujer. La había conocido en París, durante uno de sus tantos viajes a Europa, y salido con ella varias veces, pero en plan de amistad, sin que encontrara la oportunidad de llevar esta relación a un terreno más íntimo. Cuando ya el clima se había creado, ella regresaba bruscamente a Lima o se iba a Roma, Londres o Nueva York, donde vivía su hermana menor. Era como un pajarito fugaz, que no había forma de fijar en su objetivo.

En Lima, la cosa podía ser diferente. Por ello, el mismo día de su llamada, estaba al anochecer viajando en un taxi hacia la dirección que me indicó, un lindo edificio de ladrillo desnudo, en una calle arbolada de Orrantia. Al salir del ascensor en el quinto piso, me encontré con dos puertas exactamente iguales y al azar toqué una de ellas. Como nadie respondía, toqué la otra y Gladys me abrió. Unos minutos después, estábamos sumergidos en una conversación plagada de recuerdos parisinos, mientras bebíamos un Château Lafite 1962.

Su departamento correspondía al de una soltera rica, emancipada y observadora que había sabido combinar el buen gusto francés con el confort norteamericano. Un dúplex enteramente alfombrado con una *moquette* de espesa lana blanca, con pocos pero indispensables y preciosos accesorios: sillones forrados en cuero negro, amplia mesa central muy baja con plataforma de vidrio, ceniceros de Murano, porcelanas de Sèvres y en los muros impecablemente blancos solo tres objetos: un Vasarely, un manto de Paracas y una máscara negra.

Al cabo de la tercera copa de vino, me sentí alentado por su cordialidad y su atención, hice sórdidos cálculos sobre nuestra soledad y nuestra recíproca simpatía, y me encontré sentado en la alfombra, ante sus rodillas, a punto de tomarle las manos e intentar una audaz entrada, que no sabía aún si situar en el campo sentimental o intelectual. Duda que me perdió, pues antes que la resolviera, Gladys se puso de pie.

—Te invito a comer. Como hace tiempo que no estás en Lima, no conoces los nuevos restaurantes. Esta noche vamos a ir al Tambo de Oro.

En un minúsculo pero velocísimo Alfa Romeo deportivo me condujo al centro de Lima, a un caserón colonial convertido en restaurante. Pero ya el contacto se había roto. Después del café, desechó mi propuesta de regresar a su departamento para tomar un último *drink* y me condujo directamente a mi casa, dejándome inquieto y frustrado.

Una semana más tarde, decidí verla nuevamente. La llamé por teléfono y, luego de vacilar, me dijo que fuera esa misma noche. Llegué al edificio, subí los cinco pisos y me encontré ante las dos puertas similares. No me acordaba cuál era la que correspondía a su departamento, de modo que toqué una de ellas. Gladys me abrió y otra vez estaba sentado en su *living*, con un burdeos en la mano, contándole lo que había hecho en el interludio y lo que pensaba hacer. Registré nuevos detalles del lugar, la ancha escalera, también alfombrada, que conducía seguramente hacia el dormitorio; la galería con baranda que daba sobre el *living* y en la cual se veía una estantería llena de libros y de discos; y en la mesa central de vidrio, una caja rectangular cerrada que contenía evidentemente un juego de ajedrez.

Pero esta vez noté en Gladys cierta frialdad. Me atendía con la misma solicitud que la vez anterior, pero sin naturalidad. Sus gestos, sus preguntas, surgían mecánicamente, sin calor ni interés. Le propuse, en reciprocidad, invitarla a comer, pero me dijo estar cansada, que tomaría un té con unas tostadas y se iría a acostar. Y de pronto me encontré con su silencio y su mirada neutra, indiferente. No me quedó más remedio que irme.

Mi próxima visita fue una semana más tarde. Fue ella la que me llamó, rogándome que fuera a verla. Acepté sin mucho entusiasmo. Yo iba a estar apenas tres meses en Lima y tenía muchos compromisos y asuntos que hacer. Nuevamente me encontré con el problema de las puertas. Era realmente una idiotez. Lo que debía hacer era anotar en mi memoria o en un papel: es la de la derecha o la de la izquierda. Ensayé ambas, hasta que Gladys apareció. Y como la primera vez, estuvo extremadamente cariñosa y solícita. Subiendo a la galería colocó un disco de Frank Sinatra y, después del primer trago, bailamos, separados, conversando. Me invitó a cenar, esta vez a Las Trece Monedas, viejo caserón colonial, el más antiguo que quedaba en Lima, y luego fuimos a una *boîte* estruendosa, sicodélica, donde era imposible otra comunicación que el baile y los ademanes. Como de costumbre, me condujo a mi casa en su automóvil.

La fui a visitar aún dos o tres veces. Y siempre ocurría lo mismo. Al salir del ascensor, me encontraba ante dos puertas y nunca sabía cuál era la indicada. A veces estaba seguro de que era la de la derecha, pero no, la puerta que se abría era la de la izquierda. La próxima vez me ocurría lo contrario. Y al mismo tiempo noté que el comportamiento de Gladys para conmigo era alternativamente diferente. Un día se mostraba afectuosa, invitadora, alegre y otro distante, fría, aburrida. A tal punto que empecé a preguntarme si se trataba de la misma casa y de la misma persona. Yo no conocía a su familia, pero sabía por algunas confidencias que tenía cinco hermanas, aún instaladas en casa de sus padres.

En mi próxima visita no me quedó duda de que vivía en la puerta de la derecha, y al tocar Gladys me abrió. Ya sonaba en la galería el disco de Frank Sinatra y estaba sobre la mesa la botella de Mouton Cadet esperándome. Bebimos, bailamos, fuimos a cenar, conversamos largo rato en su automóvil, nos besamos al despedirnos y me dio cita para el sábado siguiente.

Estuve a la hora precisa y toqué nuevamente la puerta de la derecha. Nadie respondió. Nadie. Incrédulo, toqué la de la izquierda y Gladys me abrió. La noté esta vez helada, ausente y me puse a observar minuciosamente el lugar. La misma *moquette* blanca, los sillones negros, las escaleras hacia la galería, el disco de Frank Sinatra. No había duda, era el mismo departamento, pero no la misma persona. Mi propuesta de ir al Capricornio no encontró eco y al poco rato me dio a entender que quería descansar. Le pedí un trago más, al tiempo de fumar el último cigarrillo, y mientras iba a traer la botella de la cocina, decidí identificar nítidamente el lugar, dejar una seña que no me permitiera confundirlo. El juego de ajedrez seguía sobre la mesa en el mismo sitio. Levantando la tapa, vi las piezas alineadas. Cogiendo un peón, lo puse en 4R y cerré la tapa. Gladys regresó con la botella, me sirvió una copa y luego me despachó con su silencio.

*

Dejó de llamarme durante unos días. Al fin, lo hizo y esa misma noche estaba en el edificio saliendo del ascensor. Sin vacilar, toqué esta vez la puerta de la izquierda. Era allí donde la última vez había entrado y donde había desplazado el peón en el tablero. Pero no: la puerta que se abrió fue la de la derecha, sin que yo la tocara.

—¿Cómo sabías que estaba aquí?

—Intuición —me respondió.

—¿Y en el otro lado quién vive?

—No tengo ninguna curiosidad por mis vecinos.

En la mesa de vidrio estaba ya la botella de Mouton Cadet destapada, las copas y una fuente con almendras y trozos de *gruyère*. Mientras conversábamos, trataba yo de explicarme cómo podía haberme equivocado tan drásticamente. Solo había una manera de comprobarlo: el juego de ajedrez estaba en la mesa, en su caja cerrada.

—¿Puedes poner un disco?

Gladys se dirigió al tocadiscos, que estaba en la galería. En el momento en que subía las escaleras, destapé rápidamente el tablero: el peón que moví estaba, en efecto, en 4R, pero un peón negro se había movilizado a posición C3D, una respuesta clásica a la apertura Ruy López. Antes de que Gladys descendiera, tapé la caja.

—Hoy no tengo ganas de salir —dijo—. Comeremos acá. Pero algo sencillo. Tengo *foie gras*, salmón y medio pollo frío.

A mí me pareció un banquete, magnificado además por una botella de Château Lafite 1966. Gladys se mostraba muy expansiva, hablaba de su próximo viaje a Europa, prometió que me buscaría en París, de los paseos que haríamos por el Sena. De sopetón, le pregunté si jugaba ajedrez.

—No tengo ni idea de cómo se juega. Me regalaron eso hace años, pero nunca lo he abierto. Me parece muy decorativa su caja en marquetería.

Monerías

Solicitud al Presidente

Señor Presidente:

Américo Diosdado, de 47 años, profesión comerciante, domicilio legal en Breña, calle Los Naranjos 840, ante usted con el debido respeto me presento y digo: que, disponiendo de un peculio propio, fruto de una herencia y la venta de un pequeño taller de lavado de ropa, resolví en el mes de marzo de este año invertir mi dinero en un negocio más que me permitiera aumentarlo para subvenir a las necesidades de mi familia. Por relaciones con un primo que vive en los Estados Unidos me enteré de que los zoológicos de ese país, así como los laboratorios de muchas universidades y algunos comerciantes privados, tenían interés en la compra de monos, animal que no existe en estado salvaje en la rica nación del norte, pero que en cambio abunda en nuestra selva virgen, donde es víctima de cazadores furtivos que negocian su piel o de tribus aún incivilizadas que los depredan para su sustento. En estas condiciones, pensé que sería útil para los monos y para mí el poder exportarlos hacia una nación donde serían mejor tratados y llevarían una vida tranquila en parques zoológicos modernos o domicilios de coleccionistas de animales, sin tener que errar en la selva en busca de su sustento. Es así como efectué un viaje a los Estados Unidos en el mes de abril con el objeto de tomar contacto con los interesados y hacer un estudio del mercado. Posibilidades enormes se abrieron ante mí y regresé al Perú con un carnet de pedidos de hasta mil doscientos monos. Antes de viajar a la montaña para buscar la mercadería animal, obtuve en los ministerios competentes el permiso para la captura y la exportación de los simios, previo pago de la suma de treinta mil soles, como podrá verse en el comprobante adjunto. Luego me dirigí a la región de Tingo María, con el objeto de contratar sobre el terreno una expedición encargada de la recolección. Con un equipo de doce regnícolas avezados en este tipo de empresas, recorrí durante dos meses toda la región selvática comprendida en los departamentos de Huánuco, Amazonas, San Martín y parte de Loreto, y logramos al cabo de esfuerzos denodados y aventuras muchas veces riesgosas reunir los mil doscientos monos, de diferentes especies y dimensiones, los que fueron acondicionados en veinticinco jaulas especialmente preparadas para su residencia y transporte. En varios camiones, fueron traídos a Lima e instalados en una granja que alquilé en Surco, mientras hacía los trámites sanitarios para su exportación y buscaba un medio de transporte marítimo hacia San Francisco. En la granja tuve que contratar permanentemente a cinco peones encargados de la alimentación y cuidado de los monos, bajo la autoridad de un veterinario que velaba sobre su adaptación al nuevo clima y su estado general de salud. Debo decirle, señor Presidente, que me esmeré al extremo para que los simios no padecieran de ninguna incomodidad, aparte del encierro en sus jaulas. Todos fueron vacunados contra las epidemias que diezman a esta especie, cuidadosamente tratados y sustentados, de modo que pudieran afrontar el viaje en barco de ocho días hasta Estados Unidos y llegaran a manos de sus adquirentes en las mejores condiciones de peso, salud y apariencia. Aquí empiezan, señor Presidente, los contratiempos que me han forzado a dirigirle esta solicitud. Cuando logré convenir con un barco de la Compañía Nacional de Transportes el traslado de los monos hacia San Francisco y estipulamos la fecha del embarque, un funcionario del Ministerio de Industria y Comercio me dijo que, si bien mis papeles estaban en regla, debería consultar con las altas esferas antes de dar su autorización, pues se trataba de un lote muy importante de animales. Después de esperar varias semanas la respuesta de su consulta, con la consiguiente carga que representaba para mí el mantenimiento de los monos en la granja, el funcionario me comunicó que usted, señor Presidente, había tomado la decisión de oponerse a la salida de los monos, pues a su juicio ellos formaban parte del patrimonio nacional. Según me dijo el funcionario, el Perú no podía exportar inconsideradamente sus riquezas naturales, y debía tratar de preservar su flora y su fauna. En estas condiciones se me negaba el derecho de embarcar mi carga hacia los Estados Unidos, sin decirme además qué debería hacer con ella. Durante dos meses traté de hacer revocar esta decisión, mientras buscaba llegar a un acuerdo con otro barco, pues el primero ya había partido. Pero fue absolutamente imposible. Los monos, me dijeron, eran peruanos, y no podían salir del Perú en esa cantidad sin el permiso de usted, señor Presidente. Para esto, mi capital se había reducido hasta el extremo que tuve que despedir a algunos de los peones que estaban encargados de la custodia y reducir su ración de alimentos. Cuando llegó el mes de diciembre, yo ya no tenía un céntimo y el segundo barco había también partido, mientras el funcionario me seguía diciendo que no había nada que hacer y que lo único que se le ocurría era regresar los monos a su lugar de origen. Como usted comprenderá, esto era para mí, imposible, pues hubiera tenido que contratar nuevos camiones y gente encargada del transporte, y en fin, hacer gastos que estaban fuera de mis posibilidades. Los monos para mí se habían hecho como mis hermanos y todas las tardes que iba a la granja me daba pena verlos en sus jaulas, pidiéndome una comida que ya no podía darles. Es por ello que una noche decidí deshacerme de ellos, dejándolos en libertad. Fui a la granja con mi mujer y con mis hijos, y abrimos la puerta de todas las jaulas. Los monos al principio no querían salir, pero poco a poco fueron aventurándose fuera de su recinto, se treparon un rato a los nísperos, dando chillidos, se comieron lo que encontraron a la mano y luego, poco a poco, en grupos, comenzaron a avanzar hacia la ciudad. Yo sé, señor Presidente, que los periódicos hablaron de eso. Se dice que de la noche a la mañana la ciudad se llenó de monos. Se les veía por todas partes: trepados en los cocoteros de la avenida Arequipa, en los ficus de la avenida Pardo, en los laureles de la Costanera, en las cornisas de los mercados, en los túmulos de los muladares, eran miles, tal vez en esos meses se habían multiplicado. Yo comprendo perfectamente su situación, señor Presidente, tenían hambre. Mientras estuvieran por allí dando vueltas y saltos no importaba, eran un espectáculo, pero pronto empezaron a cometer actos prohibidos. El mercado de La Parada fue atacado una mañana por decenas de monos que se robaron la fruta expuesta en los kioscos. Un restaurante de Magdalena donde alguien pronunciaba un discurso fue devastado otra vez por monos muy grandes que se llevaron los platos que los comensales se iban a servir. Yo estaba en realidad muy preocupado. Creo incluso haber sido víctima de los simios, pues una mañana el jardincito de mi casa de Breña amaneció arrasado y las salchichas que dejó mi mujer en la cocina desaparecieron. Como era de esperar, pronto se ubicó al responsable.

Había pruebas de que yo había traído a los vándalos a Lima y recibí la visita de funcionarios y policías. Debo decirle, señor Presidente, que me trataron como un bandido. Me llevaron a la fuerza hasta la prefectura y me obligaron a firmar una declaración. Mi foto salió en los periódicos, en un largo artículo: «Loco inunda la ciudad con monos». Pero los hombres de leyes no sabían de qué delito acusarme, pues parece que sobre esto no había jurisprudencia. En todo caso, me dijeron que si no daba caza a los simios como fuese y los hacía desaparecer, iba a pasar en la cárcel el resto de mis días. Muchos monos, naturalmente, habían sido muertos a tiros por policías u hombres armados. Yo me encontré de pronto con que tenía que llevarme de nuevo a la selva a los mil y tantos monos que había traído. ¿Cómo? No tenía dinero, estaba endeudado, de Estados Unidos recibía cartas todos los días preguntándome cuándo llegaba la carga prometida. Desesperado, no tuve más remedio que pedir un préstamo y contratar a un equipo para la captura de los monos. Tuve que prometer que en un mes en la ciudad no quedaría un solo mono. Después de los esfuerzos que podrá usted imaginar, batidas por calles, tejados, azoteas y suburbios de la ciudad, logramos capturar a un millar de simios que fueron nuevamente instalados en la granja de Surco, a la espera de ser devueltos a su lugar de origen. En estos trabajos, señor Presidente, se me fue el resto del dinero conseguido y no me quedó más que lo suficiente para embarcar a los monos hasta doscientos kilómetros de la capital. Todos fueron llevados en camiones y dejados en plena libertad al otro lado de la cordillera occidental, en una zona templada, pero lejos aún de su tierra original. Como usted comprenderá, yo estaba imposibilitado de hacer otra cosa y creía haber quedado de esta manera en paz con mi conciencia y con las autoridades, así me hubiera arruinado. Pero las cosas no resultaron así. Después de haber vivido casi un año en la costa, bien tratados en mi granja, y más o menos decorosamente en la ciudad, los monos comenzaron a regresar. Se les vio caminando en grupos por la carretera central. Algunos llegaron directamente a la granja para buscar comida, pero la mayoría se volvió a repartir por la ciudad, otra vez por mercados, techos, árboles y muladares, y nuevamente los periódicos hablaron del asunto y me atacaron, diciendo que el loco reincidía. Otra vez, además, volvieron a cometer fechorías, azuzados por el hambre y se dice que algunos quisieron una noche entrar al Palacio, atraídos por el olor de la cocina. La policía me buscó nuevamente y me dijo que, si no ponía remedio a esa situación, el Ejército se encargaría de matar a todos los monos, aparte de que me mandarían a la prisión del Sepa por fomentar el desorden. Por ello, he tenido que volver a endeudarme, señor Presidente, y echarme otra vez a la caza de los monos. Creo que casi todos han sido otra vez capturados y se encuentran ahora en la granja. Pero sucede que no puedo ya mantenerlos. Tantos monos necesitan una atención constante, alguien que se ocupe de ellos y se encargue de su comida, de su salud, de su educación. Porque son mucho más inteligentes de lo que uno cree y han aprendido rápidamente hasta nuestro idioma. Yo hablo con algunos de ellos y me exponen detalladamente sus quejas. Algunos están dispuestos a regresar a su tierra, siempre que los cazadores no los exploten y les permitan vivir libremente. Otros ya no quieren regresar más, pues, mal que bien, aquí ven cosas nuevas y siempre tienen la posibilidad de que alguien los adopte o de hacer su vida en algún rincón, sin molestar, aprendiendo lo que puede enseñarles la ciudad. Por eso, señor Presidente, yo le pido una cosa, objeto de esta solicitud. Que el Estado me dé una subvención a fin de mantener a los monos en la granja, bien tratados y alimentados, como lo merece una especie tan inteligente o que les ofrezca un parque donde puedan vivir en plena libertad haciendo lo que quieran o que se les permita vivir en la ciudad, como cualquier persona, con el compromiso de que nadie atentará contra ellos y los tratarán como al prójimo que son. Si eso no fuera posible, señor Presidente, yo no puedo responder de lo que puede pasar. En estos meses de encierro se han reproducido, ya pasan de dos mil, y cada día están más hambrientos. Muchos otros monos, además, siguen llegando, desde sus lejanas comarcas, atraídos tal vez por la voz de la raza. En la granja ya no hay sitio para ellos y, si en estos días la situación no se resuelve, si no se admite que son iguales que nosotros y que tienen derecho a todos los derechos, no respondo de lo que pueda pasar. Yo creo que terminaré por abrir las puertas de sus jaulas y dejar que arrasen la ciudad.

París, 1 de diciembre de 1976

Las laceraciones de Pierluca

Unas brazadas más, un rápido pataleo y ya estaba en la superficie, a pocos metros de la playa del puerto. Avanzó hasta que el agua le llegó a la cintura y, quitándose la máscara y las palmetas de jebe, se encaminó por la arena caliente, esquivando las barcas de los pescadores, hacia el bar Pato Blanco.

—Buenos días, señor Pierluca. ¿Y qué? ¿Pescó algo?

—He dejado el arpón en casa. Solo quería bucear un poco. ¿Me puede servir una cañita?

—Pues para eso estamos.

Pierluca se acomodó en la terraza, en una mesa frente al mar. Del muelle salía en ese momento el barquito que iba todas las mañanas a Cadaqués. Don Pedro reapareció con el vaso de cerveza en un azafate.

—No debería beber estas cosas —dijo, poniendo la caña sobre la mesa—. El alcohol hace daño. Agua y poca.

—Es para recuperarme. Vengo nadando desde Grifeu.

—Yo también de muchacho iba nadando hasta allí, pero sin disfrazarme de rana, como se hace ahora.

Pierluca secó su caña.

—Un favor, don Pedro. Cuando llegue la pesca, sepáreme dos kilos de gambas. Yo mandaré por ellas en la tarde. Esta noche tengo invitados.

—¿Gente de aquí?

—No, de Cadaqués. Unos americanos.

Pierluca se dirigió nuevamente a la orilla, se colocó sus palmetas de jebe y su máscara de bucear, y se lanzó al mar. Sumergiéndose, avanzó por el agua transparente, viendo su sombra reflejada en el fondo de arena. Más allá, la vegetación submarina se espesó, plantas movedizas adheridas al légamo o flotando a la deriva entre dos aguas. De los peces solo veía las colas fugitivas. Y las piedras.

No eran las pulidas, sino las torturadas las que lo fascinaban. Esas rocas erráticas, perdidas en el fondo del mar, lejos de su familia, solitarias, carcomidas por los infusorios, asfixiadas por las algas. Una de ellas, taladrada en varias partes, casi en equilibrio sobre su base filuda, lo hizo detenerse, girar en torno a ella, admirándola. Parecía un torso humano, golpeado, lacerado.

Remontando a la superficie, se quitó la máscara y siguió nadando lentamente. Estaba ahora frente a la playa del hotel Berna, cerca de la orilla. Algunos precoces veraneantes tomaban sol en la arena.

—¡Pierluca!

En la playa, un hombre corpulento con la piel aún blanca le hacía señas. Pierluca respondió a su saludo y nadó hacia la orilla.

—¡Hace dos días que llegué! Sabía que estabas en Llansá. Te estuve buscando.

—No estoy exactamente en Llansá —dijo Pierluca—. Estoy por el lado de Grifeu. He alquilado allí una casa con atelier.

—Me habían hablado tanto de Llansá. Pero esto no vale nada. No he visto a nadie. No tengo con quién hablar. En el hotel Berna solo hay alemanes.

Pierluca le explicó que lo mejor era tomar una casa hacia el norte, como Emilio, Max, Jorge, todos los demás. A Llansá solo de compras.

—¿Y qué? ¿Estás trabajando?

—Por ahora no —dijo Pierluca—. Ahora nado, pesco. En mayo sí trabajé bien. He terminado toda una serie. Tienes que venir a verla.

—¿Siempre en mármol?

—No, en granito. Las laceraciones.

—¿Cómo?

—Vente esta noche a comer a casa y verás. Es la segunda casa después del hotel Mirasol, en Grifeu. Al lado del mar, sobre unas rocas.

Siguió nadando, caleteando, buceando por las playas que llevaban a Grifeu. Esa zona de orilla rocosa la conocía de memoria. Cada cierta distancia reconocía en el fondo marino alguna laceración, la contorneaba, le rendía homenaje y proseguía su rumbo.

Antes del hotel Mirasol, distinguió a un veraneante que tomaba sol sentado en una roca. Pierluca se sumergió, avanzó bajo el agua y salió a la superficie cuando estaba delante de él.

—¡Pum! —gritó, apuntándolo con el dedo.

El hombre se sobresaltó. Tenía al alcance de la mano una garrafa de vino.

—¿Sabes a quién vi en Llansá?

—A los Martínez.

—No, a Guzmán —dijo Pierluca—. Está en el hotel Berna.

—Ya nos jodimos —dijo Emilio—. Ahora se nos va a zampar todo el día en la casa. Se va a meter a tu taller. Se va a copiar lo que estás haciendo. ¿Qué diablos ha venido a hacer aquí? Mañana mismo me regreso a París.

—Y lo peor es que lo he invitado esta noche a comer. No me acordé de que Stanfield quería que el grupo vea las laceraciones.

Detrás de las rocas apareció una mujer en *shorts* con un manojo de palos en las manos.

—¿Qué tal, Pierluca? Vente a almorzar con Iria a casa. Emilio y yo vamos a hacer unas sardinas a la brasa.

—Le voy a preguntar —dijo Pierluca, alejándose de la orilla.

—¡Si Guzmán pregunta por mí, dile que no estoy, que me he ido a Cadaqués! —gritó Emilio—. Estoy terminando dos cuadros para Stanfield. No quiero que me quiten el tiempo.

Pierluca nadó mar adentro para contornear el espigón que señalaba los límites del hotel Mirasol. Cruzó luego frente a la playa del hotel, donde se desplegaban las primeras sombrillas. Luego se alejó otra vez de la orilla para observar su casa desde lejos. La distinguió blanca, atrapada, sobre el promontorio de rocas. Iria estaba sentada en la terraza, leyendo una revista. Y detrás de ella, monumental, se veía desde allí, presente como un invitado, el contorno de su última laceración.

Nadó entonces hacia su casa sobre las algas que salían a flor de agua. Iria se había puesto de pie y agitaba una mano.

—¡Emilio quiere que vayamos a almorzar a su casa! ¡Sardinas a la brasa!

—¿Encargaste las gambas?

—Dos kilos. Hay que ir por ellas en la tarde.

—Dile que sí, pero anda a buscar a los chicos. Están en la playuca. Espera, mejor voy yo. Así aprovecharé para darme un baño.

—Nos encontramos allá.

Mientras se alejaba nadando de espaldas, vio que Iria se quitaba la bata, cogía su bolsa de baño y salía por la terraza hacia el camino que llevaba a la playuca.

Buceó aún varias veces en busca de otros de sus hitos preferidos. Un pez enorme, oscuro, coleteó a su lado, merluza tal vez o congrio. Lamentó no tener su arpón a la mano para darle caza. Entre Grifeu y la playuca había un remanso tibio donde los peces parecían darse cita. Merodeó un rato por allí, observando las presas que perdía.

Cerca de la piedra circular, la profunda, que tenía cuatro estrellas de mar en su concavidad, distinguió la silueta de un pescador submarino que venía directamente hacia él. Se tocaron casi con la cabeza, se miraron a través de los anteojos, se dieron la mano y salieron a flote.

—No me confundas con un tiburón —dijo Pierluca.

—Lindo día. He matado una raya y un pez raro, con aletas en serrucho. Y tú, ¿qué tal?

—Fui hasta el puerto a encargar gambas. Esta noche viene Stanfield.

—¿Le vas a vender algo?

—No sé qué hacer. Me va a llevar a una exposición en Nueva York, pero cobra el treinta por ciento.

—¡El cabrón! Imperialista, además. Yo con él, nada. Prefiero quedarme con Lorenzelli. Tu cheque al mes y se acabó.

—¿Vienes a la playuca? Voy a buscar a mis hijos. Almorzamos donde Emilio. ¿Dónde está Monique?

—La he dejado en la roca verde. Quiere agarrar cangrejos. Quédate más bien un rato, he visto una merluza. Ayúdame a...

—Me olvidaba. He descubierto una nueva laceración. Frente al hotel Berna. Tenemos que ir a verla. No es más grande, pero está horadada y a punto de caerse. Limpia, sin algas.

—De acuerdo. Mañana me llevas. Nos vemos aquí a las diez. Donde Emilio no voy, no me ha invitado.

Pierluca se alejó con su máscara en la cabeza, observando el acantilado, mirando la playa rocosa. Antes de llegar a la roca verde, se quitó la máscara, se zambulló varias veces alisándose el cabello hacia atrás y nadó en línea recta hacia la roca.

Monique estaba en bikini, agachada, con un lavatorio de plástico en la mano. Apenas lo distinguió, se puso de pie.

—Max te estaba buscando.

—Ya lo vi. Anda detrás de una merluza.

—Esta mañana cogió una raya. ¿Vienes a almorzar?

Cogiéndose del borde de la roca, Pierluca hizo una flexión y salió del agua. Sin quitarse las palmas, se sentó frente a Monique.

—¿Qué tal los cangrejos? Voy a descansar un rato. Vengo del puerto.

—No se dejan agarrar. Necesitaría un palo para atajarlos. A Max no le gustan, pero yo hago una sopa a la marsellesa.

Pierluca quedó callado, observando cómo Monique descendía del puerto ágilmente por la roca verde con su lavatorio en la mano. La vio agacharse, estirar la mano y dar un grito.

—¡Casi me muerde! Se metió al agua, además.

—Nunca los cogerás así. Hay que empezar de abajo para arriba. Córtales el camino.

Monique volvió a subir, dejó su lavatorio en la roca y se sentó con las manos en las rodillas.

—¿Qué hay de nuevo en el puerto?

—Nada. Don Pedro como siempre. Le pedí una cerveza y ¿sabes lo que me dijo? Agua y poca.

Monique no sonrió. Con la palma de las manos, se acariciaba los muslos.

—El sol de junio no quema bien —dijo—. Y al fin de la semana regresamos a París. Max solo alquiló la casa por este mes. No tenía para más.

Pierluca volvió a quedar callado. Observó con curiosidad las manos de Monique, de dedos largos, uñas ovaladas, que proseguían su viaje por sus muslos.

—Monique, quiero decirte una cosa. Tienes que hablarle a Max. Tráelo a casa esta noche. Es necesario que conozca a Stanfield. Lorenzelli lo estafa. Tanto por mes, es verdad, pero se lleva todo lo que hace.

—Max tiene sus ideas. Stanfield es gringo y eso basta.

—Si a mí Standfield me compra es porque le gusta lo que hago. ¿No es así? El resto no interesa. Hay que vender para vivir.

—¿Y siempre haces la exposición en París?

—En setiembre. Ya están listas las laceraciones. Y en abril en Nueva York.

—A ti sí te va bien, Pierluca.

Volvieron a quedar callados.

—Tienes razón. Pero a Max nadie lo conoce. Su abuelo o su padre era alemán, cabeza dura. Y anoche chocó el carro. Lo ha dejado hecho una piltrafa en un garaje de Figueras. Tuvo que venirse en ómnibus.

—Debes tener un cigarrillo —dijo Pierluca.

Monique abrió su bolsa de baño y le entregó un paquete de Gitanes con una caja de fósforos.

—¿No has pescado nada hoy?

Pierluca encendió un cigarrillo.

—Me estoy aburriendo de la pesca. Quisiera encontrar algo raro, precioso. Pero todo se repite.

Monique lo miró, mientras se expulsaba de la frente un mechón dorado, insumiso.

—¿Como qué?

—Una sirena —dijo Pierluca, mirándola a los ojos.

—¿Y cómo está Iria?

—Debe estar llegando a la playuca. La vi hace un rato y me dijo que iba a recoger a los chicos. Acuérdate de lo que digo, vente esta noche a cenar con Max. Convéncelo.

Monique estiró las piernas, metió la mano en el lavatorio e hizo girar en el fondo su largo dedo.

—Ni un solo cangrejo. ¿Qué tal las laceraciones?

—Una nueva, en el mar del hotel Berna. Mañana iré a verla otra vez con Max. Ya nos pusimos de acuerdo.

—¿Voy con ustedes?

Lo miró ahora fijamente, espantándose de un manazo el mechón rubio.

—Está un poco lejos de la playa. Yo iré, más bien, al puerto pasado mañana. Tengo que comprarme un nuevo soplete. ¿Vienes?

Monique arañaba otra vez su lavatorio.

—Debías venir —añadió Pierluca.

—Dame fuego —dijo Monique, sacando un cigarrillo.

Pierluca le entregó su colilla y, cuando ella dijo: «Tal vez», se aventó de espaldas al mar. Mientras se alejaba, la vio empequeñecerse en lo alto de la roca verde, pensativa, con su cigarrillo humeante en la mano.

—¡En el Pato Blanco, a las diez!

Por toda respuesta, Monique se puso de pie y se desperezó, estirando los brazos.

Pierluca pasó delante de los últimos peñascos que llevaban a la playuca. La primera nube del día apareció sobre los cerros de Cadaqués y, al instante, empezó a soplar la tramontana. Poniéndose la máscara, se zambulló y avanzó por entre las plantas marinas que respiraban alborotadas y entre miríadas de peces enanos que huían despavoridos.

Pronto reconoció las dos rocas cortadas a pico que guardaba la entrada a la playuca. Pasando entre ambas, salió a flote. Iria nadaba en esa ensenada pequeñísima, secreta, calma como una laguna.

—Deberíamos comprarnos esta playita, Pierluca.

—¡Claro! Después de mi exposición en Nueva York. ¿Y dónde están los chicos?

—En las rocas, zambulléndose.

—Diles ya que vengan.

Salió de la playuca por el boquerón y nadó un trecho hacia el norte. Enzo se arrojaba en ese momento desde las rocas, mientras Carlo las escalaba, chorreando agua.

—Así no —gritó Pierluca—. Primero las manos, después el cuerpo con los pies muy juntos. A ver, Carlo, ¿tú?

Carlo se arrojó al agua, pero cayó de pecho, sin hundirse, salpicando espuma.

Pierluca dejó en una concavidad sus paletas y su máscara, y subió a las rocas.

—Tú, papá —dijo Enzo.

Pierluca se paró en el borde, respiró profundamente, levantó los brazos y se lanzó al agua describiendo una parábola perfecta. Saliendo a flote, nadó nuevamente hacia las rocas, donde lo esperaban sus hijos. Subió una vez más, repitió la zambullida y, cuando retornaba a nado, distinguió a Iria que venía hacia ellos, haciendo equilibrio por las peñas.

—¡Ten cuidado! —gritó Pierluca.

—Allá veo un yate que se parece al de Stanfield.

Pierluca miró hacia altamar, no vio nada y escaló las rocas por tercera vez. Caminando por el borde, fue a darle el encuentro a Iria. Los separaba un peñasco alto, liso, que avanzaba hacia el mar como la proa de un galeón. Pierluca logró subir encima de él. Vio a sus hijos a la izquierda, a su mujer a la derecha, y abajo, a veinte metros, el mar turbio, oscurecido por las algas.

—¡Otra demostración! —gritó.

Tomando vuelo, se lanzó lo más lejos que pudo, ayudado por el viento, esta vez con los brazos abiertos, la cintura quebrada, dejando al zambullirse un anillito de espuma.

—¡Bravo! —gritó Enzo.

Carlo lo aplaudió. Esperaron que saliera a la superficie.

—Está buceando —dijo Carlo.

—Va a salir por esa roca que hay allá —añadió Enzo.

Esperaron en vano. Solo Iria no decía nada. Pierluca acababa de crear su última laceración.

Espíritus

Habíamos cenado frugalmente en mi estudio de la *rue* Saint-Séverin —tallarines, queso y pan—, habíamos hablado de cosas importantes y baladíes, y llegó ese momento crítico en el cual se termina el vino y uno empieza espontáneamente a aburrirse. Benjamín bostezó con descaro y Pedro no tuvo reparo en coger una revista y hojearla, olvidándonos. Pero ninguno tenía ganas de irse y yo mismo, a pesar de estar cansado, no me decidía a despacharlos. Al parecer esperábamos algo, algo que podría ocurrir en ese estudio en el que vivía desde hacía solo un mes y por cuyas ventanas se podían casi tocar las gárgolas de la iglesia de Saint-Séverin.

Al fin, Pedro abandonó la revista y se acercó a la ventana. Durante un rato contempló la iglesia y empezó a decirnos que durante la Revolución francesa había sido convertida en un depósito de municiones. Pedro sabía todo. Su cuarto de hotel era un amontonamiento de libros y una cocinita de ron donde preparaba su desayuno.

—Este barrio fue durante la Edad Media un barrio de alquimistas y de filósofos. Aquí estaba presente lo sobrenatural. Las líneas de fuerza del más allá pasaban por esta calle. ¿Por qué no hacemos un poco de espiritismo?

Benjamín y yo no creíamos en nada y nunca habíamos hecho espiritismo. La propuesta de Pedro nos pareció una broma. Pero ya Pedro nos explicaba que hacía años que no participaba en ninguna sesión y que ahora —¿por qué no?— en ese lugar tan propicio valía la pena tentar la experiencia.

Ya que no había otra cosa que hacer, aceptamos. Pedro inspeccionó el mobiliario y escogió una mesa pegada al muro, antigualla de madera en la cual, según dijo, no había ninguna pieza metálica.

Después de colocar la mesa en el centro de la habitación y tres sillas en torno a ella, nos dijo que él iba a dirigir la sesión. Era muy simple: dejaríamos solo prendida la pequeña luz del velador, nos concentraríamos, cerraríamos los ojos y él se encargaría de hacer las invocaciones del caso.

—Es posible que alguno de ustedes caiga en trance —dijo—, pero lo más probable es que sea yo. Antes era un buen médium. Si eso ocurre, tomen nota de lo que digo y, sobre todo, esperen que salga del estado.

Benjamín y yo escuchamos sus demás instrucciones, sin ningún interés naturalmente, solo por pasar el tiempo. Pedro dejó la habitación en penumbra, nos hizo sentar alrededor de la mesa y extender las manos de modo que nuestros dedos índices se tocaran formando un círculo. Luego nos hizo el imposible pedido de poner la mente en blanco mientras él hacía los conjuros.

El conjuro era una fórmula más bien cursilona que me hizo casi reír. Sin respetar la consigna, entreabrí un ojo y vi a Pedro muy bien concentrado que repetía porfiadamente:

—Pido humildemente que, si hay presente algún espíritu, se manifieste...

Benjamín, por su parte, abrió también un ojo y cruzó conmigo una mirada burlona. El espíritu, por otra parte, debía estar muy lejos, pues, por más que Pedro repetía su invocación y le rogaba manifestarse con un golpe en la mesa o de alguna otra manera, nada ocurría.

A los diez minutos yo estaba dispuesto a poner fin a esa farsa, pero Pedro, adivinando quizá mi intención, pidió que siguiéramos concentrados. Cerré los ojos intensamente y traté de no pensar en nada, lo que me remitió irremisiblemente al pensamiento de que no estaba pensando en nada.

Un pequeño ruido, sin embargo, empezó a inquietarme. Un ruido curioso, peculiar, como el escape de agua de una cañería. Pensé que era el grifo de la cocina que no estaba bien cerrado y estuve a punto de levantarme para ajustarlo. Pero su origen era más cercano. Al abrir los ojos, descubrí que provenía de la boca de Pedro: de sus labios entreabiertos brotaba una copiosa saliva.

Benjamín también había notado lo mismo y nos interrogamos con la mirada. Pedro seguía con los ojos cerrados, su salivación ruidosa aumentaba, al mismo tiempo que su fisonomía iba sufriendo una transformación. Una transformación además imprevisible. Uno puede imaginar la expresión que tendrá alguien si hace una mueca, pero la mueca que había en el rostro de Pedro no provenía de sus rasgos, era como si le hubieran plantado en la cara una máscara que no tenía nada que ver con él. Dura, señorial, altiva, parecía la de un patriarca del Antiguo Testamento. Al mismo tiempo, de esa boca de la que estaba acostumbrado a escuchar un timbre de voz, brotó una voz desconocida.

—¿Quién pregunta por mí?

La pregunta la repitió en un tono cada vez más alto, acompañándola de un golpe de puño en la mesa y en estas circunstancias no me quedó más remedio que responder:

—Pedro Fontarabia —dije—. Es él quien lo ha invocado.

—¿Qué cosa quiere?

Recordé algunas de las instrucciones de Pedro. Había dicho que, tal vez, quien se hiciera presente era el espíritu de su abuelo, un viejo terrateniente del norte del Perú que había amasado una fortuna y luego desheredado a sus descendientes. Tenía que preguntarle dónde había dejado su dinero.

—Quiere saber dónde escondió su tesoro.

Pedido fatal. Pedro o su abuelo —ya no se podía saber quién era— estuvo a punto de demoler la mesa de un puñetazo, se puso de pie, hizo caer su silla y empezó a dar golpes a diestra y siniestra, rompió un florero, derrumbó una hilera de libros, se precipitó contra la pared, mientras preguntaba dónde estaba su nieto, cuál de nosotros era, por qué lo habían llamado, con qué derecho querían captar su herencia.

Benjamín y yo estábamos realmente aterrados. Abandonando nuestras sillas, tratábamos de esquivar la ofensiva de este personaje ambiguo que era Pedro, por un lado, y su abuelo, por otro, y que nos perseguía por la habitación, derrumbando lo que encontraba en su camino. Desarmado ante una situación que no había previsto, cogí el teléfono y vacilé si debía llamar a los bomberos o al médico de urgencia. Pero no tuve necesidad: Pedro tropezó contra el borde de la cama y cayó de bruces sobre la colcha, quedando profundamente dormido.

Benjamín estaba transpirando, yo sentía que la sangre me hormigueaba en las manos. Nos asomamos a la ventana: Saint-Séverin, sus municiones, sus alquimistas, sus líneas de fuerza medievales. En realidad no acertábamos a encajar todo eso. Y Pedro tirado en la cama durmiendo profundamente. Era ya tarde. La calle desierta.

Al fin lo vimos moverse. Se sentó en el borde, cogiéndose la cabeza con las manos. No recordaba absolutamente nada. Nos pidió un vaso de agua y una aspirina. Luego nos preguntó qué había pasado. Mi relato no lo sorprendió demasiado.

—Ese viejo es una vaina —dijo—. Siempre viene a fregar la paciencia. La verdad es que tuvo un lío con mi padre y nos desheredó. Todo su dinero lo escondió en su hacienda. Hace años que trato de averiguar dónde lo puso, pero cada vez todo se va al diablo. Nos odia. Y todavía me acuerdo de él, cuando era chico, verlo cabalgar en Cajamarca en un lindo caballo moro. Bueno, disculpen, esto no resultó.

Se fueron casi al amanecer. Yo quedé solo, nervioso e insomne por el café que tomamos. Dormí mal y hacia las once de la mañana desperté en una habitación inundada y desordenada. A esa hora tuve que hacer la vajilla, limpiar los ceniceros y recoger los restos del florero. Mientras lo hacía, iba rememorando la escena vivida, mi escepticismo, mi sorpresa, mi desconcierto. ¿Había estado realmente en presencia de un hecho sobrenatural? Todo se iba difuminando y ablandando en la memoria. Pedro podía ser un farsante o, simplemente, un esquizofrénico que tendía a desdoblarse en ciertos momentos privilegiados. Con Benjamín, que me llamó por teléfono, comentamos lo ocurrido y después de hacer unos cuantos chistes, lo archivamos, poniéndolo a la cuenta de lo que ocurre en noches de sobreexcitación y de burdeos.

Cuando colgué el fono, noté que debajo de la mesa de las invocaciones había un objeto que no había recogido. Al acercarme, advertí que era un pequeño objeto metálico, probablemente de plata o plateado y que no tenía aparentemente ninguna función. Traté en vano de ver si pertenecía a la mesa —pero ¿no había dicho Pedro que en ella no había nada metálico?— o al gueridón vecino, pero no correspondía. Inútilmente intenté de acoplarlo al resto de los muebles. En ningún sitio tenía lugar. Al fin, lo abandoné sobre un estante, al lado de pequeñas iglesias de Huanta y toros de Pucará.

Pedro permaneció un tiempo sin dar signos de vida. Fui una vez a buscarlo a su hotel y no lo encontré. Poco después me llamó por teléfono para anunciarme que se iba a Sevilla, que en París no encontraba la documentación que le interesaba. Acerca de la experiencia espiritista, no cambiamos una palabra.

*

El extraño objeto metálico permaneció en el estante, al lado de las piezas de arte popular. Todos los días al hacer la limpieza lo veía allí, inútil, indefenso. Pronto me olvidé de él y dejé de verlo, como ocurre con lo que se nos vuelve familiar. Hasta una noche en que invité a un grupo de compatriotas de paso por París. Era una especie de cóctel estudiantil, en el que había apenas vino, pan y quesos. Entre los presentes había un etnólogo y folclorista que se había hecho una reputación por sus estudios sobre arte popular. Con mucha cortesía, halagó mis iglesitas de Huanta y mis toros de Pucará, pero cuando vio el objeto plateado, enmudeció.

—¿De dónde has sacado esto?

Le dije sencillamente que me lo había encontrado.

—¿Sabes lo que es? Es una pieza rara que utilizaron los jinetes de Cajamarca hace ya tantos años. Pertenece al llamado estribo estriado, el de los grandes terratenientes. De casualidad, ¿tu familia es de allí? Pero no creo. Por lo general, ellos graban su inicial en esta especie de arabesco. Aquí se puede leer una efe. ¿Efe? ¿Quién podrá ser?

—Fontarabia —le respondí.

París, 21 de diciembre de 1974

Epílogo

Bienvenido de vuelta, Julio

Bienvenido de vuelta, Julio. Bienvenidos Lucho, Pierluca, Américo Diosdado... Ustedes son los personajes ribeyrianos que, fieles a su estirpe, vivieron escondidos durante cinco décadas en algún cajón oscuro. Fieles además a su naturaleza, se sentían a gusto allí, a salvo de todas las miradas. Pero, también siguiendo su destino, ahora han salido al mundo a contarnos sus historias. Son ustedes nuestros amigos, pues nos hacen creer que podemos acompañarlos. Viven entremezclados en la gente, sujetos a las rutinas más duras, entregados a los sueños más grandiosos: resignados, pacientes, ilusos, nuestros.

Y, sin embargo, no dejan de sorprendernos. En «Invitación al viaje», Lucho siente «una carga extraña en la atmósfera, como un estado de tensión invisible que todo el mundo trataba de ocultar». A diferencia de otros personajes de Ribeyro, Lucho sale a descubrir lo que hay detrás de esa tensión. Sale a la noche, sale a las fronteras, sabe que entre esas paredes «palpitaba sordamente la vida». Está seguro, por lo tanto, de poder «tocar uno de esos límites nocturnos donde empieza lo irreal».

Creo que en todos los cuentos de este libro ustedes se rebelan, se movilizan, se asoman a ese otro lado de lo real, con humor, como en «Monerías», o con desfachatez, como en «Las laceraciones de Pierluca», o con pruebas del más allá, como en «Espíritus». Lo hacen porque, como buenos personajes ribeyrianos, reflejan la vulnerabilidad desesperada de la gente común, esa zona marginal de la humanidad que Julio supo describir tan bien y tanto.

Pero también porque son un poco más audaces que los otros personajes que nos dejaste al partir hace treinta años, Julio. No sé si me equivoco. Pero sí sé que, por ellos, te seguimos conociendo, reconociendo, queriendo, admirando y agradeciendo. Te seguimos leyendo. Alguna vez me dijiste que ya no pensabas escribir más. Pensabas que habías escrito demasiado. Pero eso era porque sabías que estos cuentos seguían en algún lugar de tus cajones, esperando su momento. Son invitaciones a un viaje. Gracias por esa invitación. Gracias por esa noche.

Alonso Cueto

Dosier

Las siguientes imágenes reproducen los mecanuscritos que Julio Ramón Ribeyro dejó ordenados en una carpeta rotulada con el título de «Cuentos inéditos», en su residencia de París. Son significativas las anotaciones y tachaduras con que el autor va puliendo sus cuentos, pero también las manchas de café y los dibujos que adornan algunas páginas. Cierra esta muestra un autorretrato del autor sin fecha de realización.

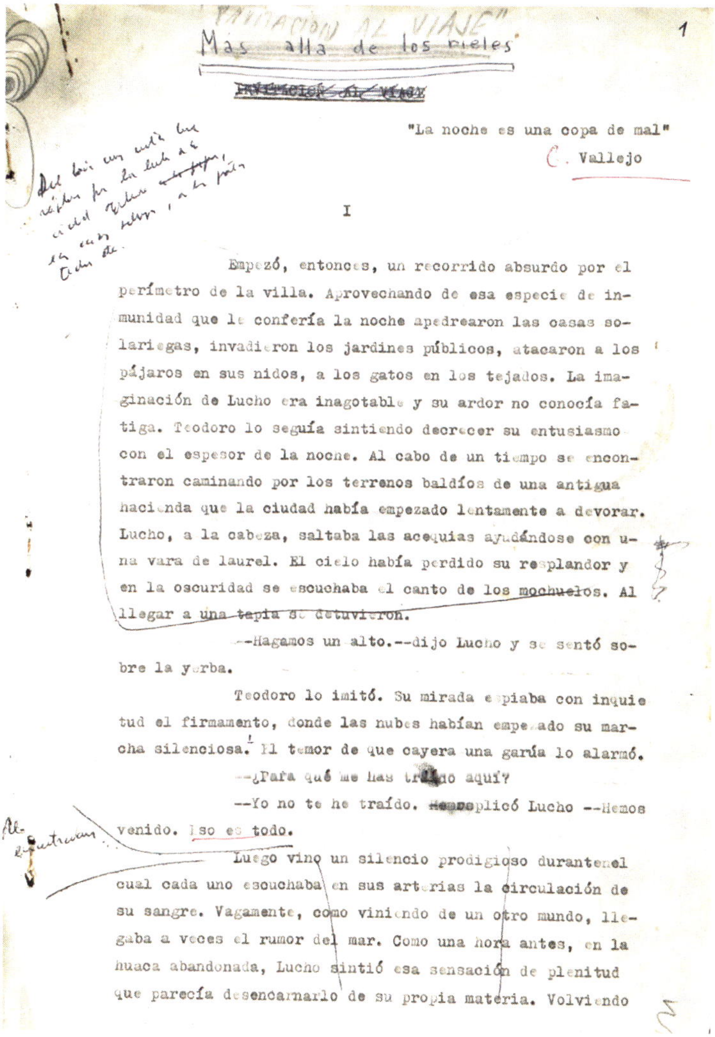

"INVITACIÓN AL VIAJE"
Más allá de los rieles

~~INVITACIÓN AL VIAJE~~

1

"La noche es una copa de mal"
C. Vallejo

I

Empezó, entonces, un recorrido absurdo por el perímetro de la villa. Aprovechando de esa especie de inmunidad que le confería la noche apedrearon las casas solariegas, invadieron los jardines públicos, atacaron a los pájaros en sus nidos, a los gatos en los tejados. La imaginación de Lucho era inagotable y su ardor no conocía fatiga. Teodoro lo seguía sintiendo decrecer su entusiasmo con el espesor de la noche. Al cabo de un tiempo se encontraron caminando por los terrenos baldíos de una antigua hacienda que la ciudad había empezado lentamente a devorar. Lucho, a la cabeza, saltaba las acequias ayudándose con una vara de laurel. El cielo había perdido su resplandor y en la oscuridad se escuchaba el canto de los mochuelos. Al llegar a una tapia se detuvieron.

--Hagamos un alto.--dijo Lucho y se sentó sobre la yerba.

Teodoro lo imitó. Su mirada espiaba con inquietud el firmamento, donde las nubes habían empezado su marcha silenciosa. El temor de que cayera una garúa lo alarmó.

--¿Para qué me has traído aquí?

--Yo no te he traído. --explicó Lucho --Hemos venido. Eso es todo.

Luego vino un silencio prodigioso durante el cual cada uno escuchaba en sus arterias la circulación de su sangre. Vagamente, como viniendo de un otro mundo, llegaba a veces el rumor del mar. Como una hora antes, en la huaca abandonada, Lucho sintió esa sensación de plenitud que parecía desencarnarlo de su propia materia. Volviendo

Mecanuscrito de la primera página de «Invitación al viaje».

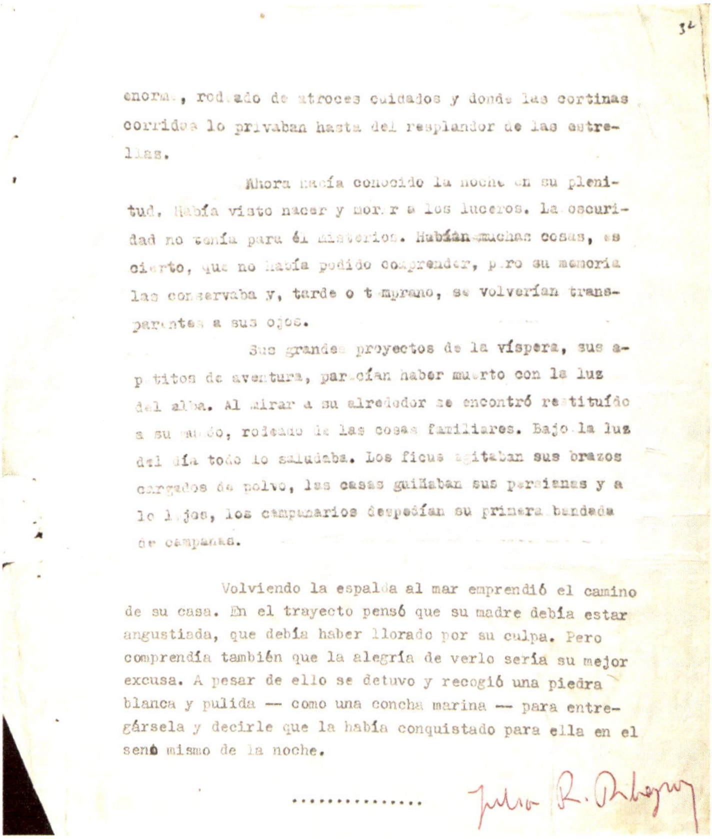

32

enorme, rodeado de atroces cuidados y donde las cortinas corridas lo privaban hasta del resplandor de las estrellas.

Ahora había conocido la noche en su plenitud. Había visto nacer y morir a los luceros. La oscuridad no tenía para él misterios. Habían muchas cosas, es cierto, que no había podido comprender, pero su memoria las conservaba y, tarde o temprano, se volverían transparentes a sus ojos.

Sus grandes proyectos de la víspera, sus apetitos de aventura, parecían haber muerto con la luz del alba. Al mirar a su alrededor se encontró restituído a su mundo, rodeado de las cosas familiares. Bajo la luz del día todo lo saludaba. Los ficus agitaban sus brazos cargados de polvo, las casas guiñaban sus persianas y a lo lejos, los campanarios despedían su primera bandada de campanas.

Volviendo la espalda al mar emprendió el camino de su casa. En el trayecto pensó que su madre debía estar angustiada, que debía haber llorado por su culpa. Pero comprendía también que la alegría de verlo sería su mejor excusa. A pesar de ello se detuvo y recogió una piedra blanca y pulida — como una concha marina — para entregársela y decirle que la había conquistado para ella en el seno mismo de la noche.

.... Julio R. Ribeyro

Mecanuscrito de la última página de «Invitación al viaje», con la firma del autor.

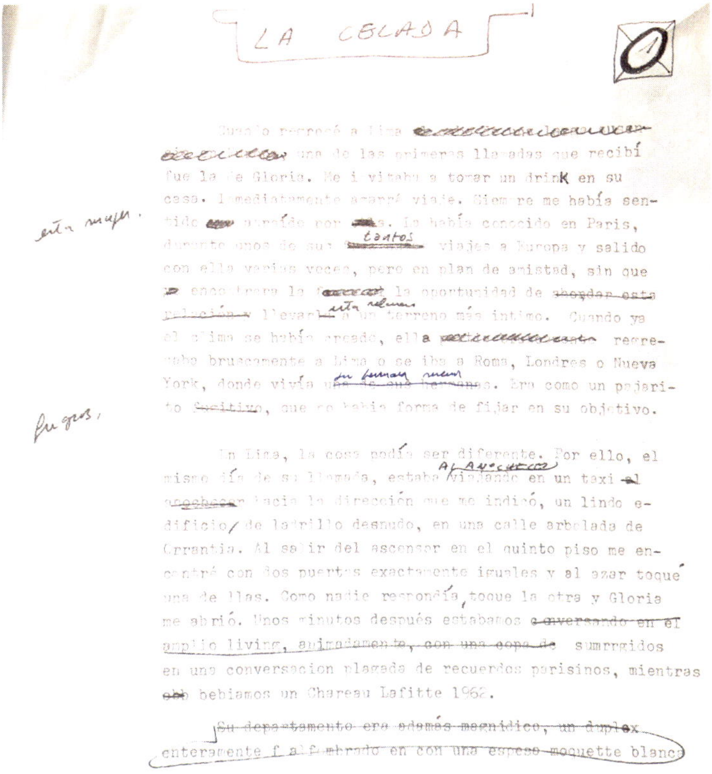

LA CELADA

Cuando regresé a Lima una de las primeras llamadas que recibí fue la de Gloria. Me invitaba a tomar un drink en su casa. Inmediatamente acepté viaje. Siempre me había sentido atraído por ella. La había conocido en Paris, durante uno de sus tantos viajes a Europa y salido con ella varias veces, pero en plan de amistad, sin que encontrara la oportunidad de ~~abordar esta relación y~~ llevarla a un terreno más íntimo. Cuando ya el clima se había creado, ella regresaba bruscamente a Lima o se iba a Roma, Londres o Nueva York, donde vivía ~~una de sus hermanas~~. Era como un pajarito ~~fugitivo~~, que no había forma de fijar en su objetivo.

En Lima, la cosa podía ser diferente. Por ello, el mismo día de su llamada, estaba viajando en un taxi ~~al anochecer~~ hacia la dirección que me indicó, un lindo edificio de ladrillo desnudo, en una calle arbolada de Orrantia. Al salir del ascensor en el quinto piso me encontré con dos puertas exactamente iguales y al azar toqué una de ellas. Como nadie respondía, toqué la otra y Gloria me abrió. Unos minutos después estábamos ~~conversando en el amplio living, animadamente, con una copa de~~ sumergidos en una conversacion plagada de recuerdos parisinos, mientras bebiamos un Chateau Lafitte 1962.

~~Su departamento era además magnífico, un duplex enteramente alfombrado con una espesa moquette blanca~~

Mecanuscrito de la primera página de «La celada».

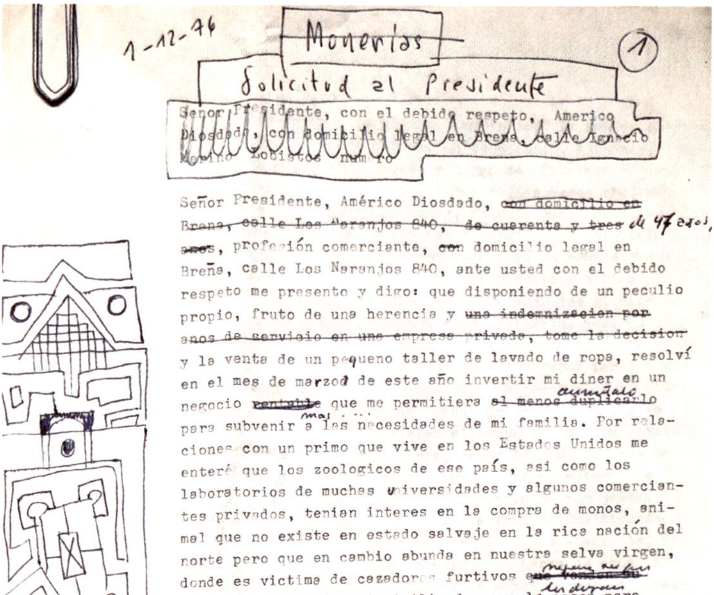

1-12-76

Monerías

Solicitud al Presidente

Señor Presidente, con el debido respeto, Americo Diosdado, con domicilio legal en Breña, calle Ignacio Merino Lobistos numero

Señor Presidente, Américo Diosdado, con domicilio en Breña, calle Los Naranjos 840, de cuarenta y tres de 47 años, años, profesión comerciante, con domicilio legal en Breña, calle Los Naranjos 840, ante usted con el debido respeto me presento y digo: que disponiendo de un peculio propio, fruto de una herencia y una indemnizacion por anos de servicio en una empresa privada, tome la decision y la venta de un pequeno taller de lavado de ropa, resolví en el mes de marzo de este año invertir mi diner en un negocio rentable que me permitiera al menos duplicarlo aumentarlo para subvenir a las más necesidades de mi familia. Por relaciones con un primo que vive en los Estados Unidos me enteré que los zoologicos de ese país, asi como los laboratorios de muchas universidades y algunos comerciantes privados, tenian interes en la compra de monos, animal que no existe en estado salvaje en la rica nación del norte pero que en cambio abunda en nuestra selva virgen, donde es victima de cazadores furtivos que venden su piel o de tribus aun incivilizadas que le cazan para su sustento. En estas condiciones pense que seria util para los monos y para mi el poderlos exportarlos hacia una nacion donde serian mejor tratados y llevarian una vida tranquila en parques zoologicos o domicilios de coleccionistas de animales, sin tener que errar en la selva en busca de su sustento. Es asi que efectué un viaje a Estados Unidos en el mes de abril con el objeto de tomar contacto con los interesados y hacer un cuidadoso estudio del mercado. Posibilidades enormes se abrieron ante mi y regresé al Perú con un carnet de pedios de hasta mil doscientos monos. Antes de viajar a la montana con para buscar la mercadería animal obtuve en los ministerios competentes el permiso para la captura y la exportacion de los simios, previo pago de la suma de treinta mil soles, como podra verse en el comprobante adjunto. Luego me dirigí a la region de Tingo María, por la carretera central, con el objeto de contratar sobre el terreno una expedicion encargada de la recoleccion animal.

Mecanuscrito de la primera página de «Monerías», con dibujos del autor.

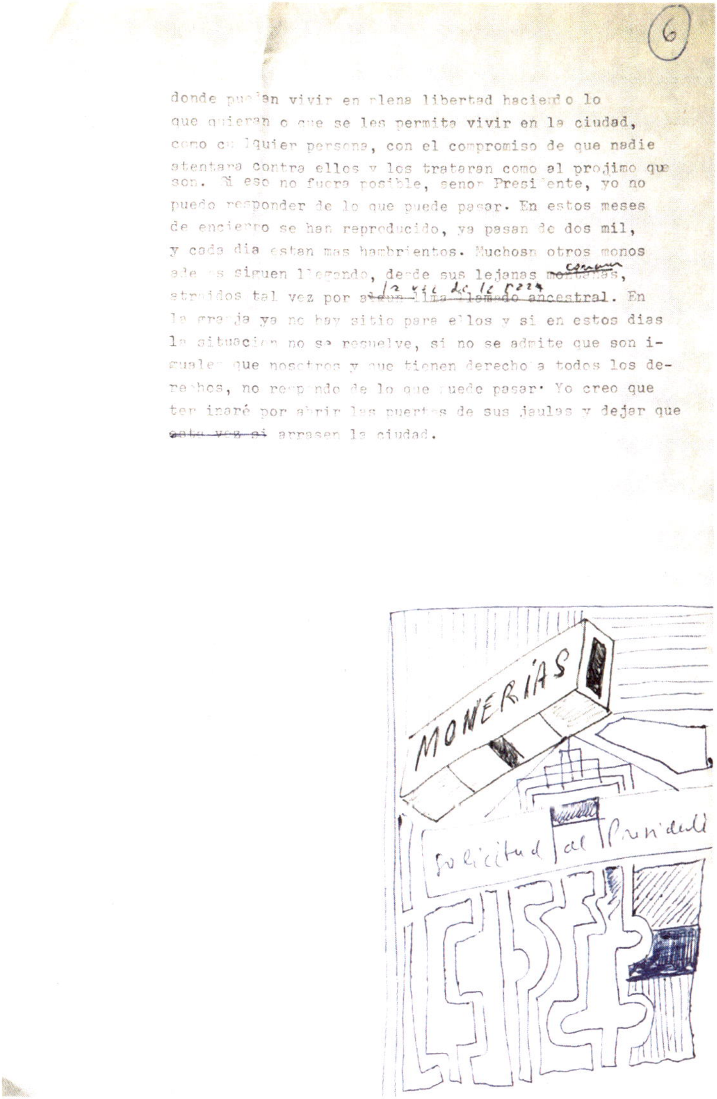

(6)

donde puedan vivir en plena libertad haciendo lo que quieran o que se les permita vivir en la ciudad, como cualquier persona, con el compromiso de que nadie atentara contra ellos y los trataran como al projimo que son. Si eso no fuera posible, senor Presidente, yo no puedo responder de lo que puede pasar. En estos meses de encierro se han reproducido, ya pasan de dos mil, y cada dia estan mas hambrientos. Muchosn otros monos ademas siguen llegando, desde sus lejanas ~~montañas~~, atraidos tal vez por ~~algun llamado~~ ancestral. En la granja ya no hay sitio para ellos y si en estos dias la situacion no se resuelve, si no se admite que son iguales que nosotros y que tienen derecho a todos los derechos, no respondo de lo que puede pasar. Yo creo que terminaré por abrir las puertas de sus jaulas y dejar que ~~esta vez si~~ arrasen la ciudad.

Mecanuscrito de la última página de «Monerías», con dibujos del autor.

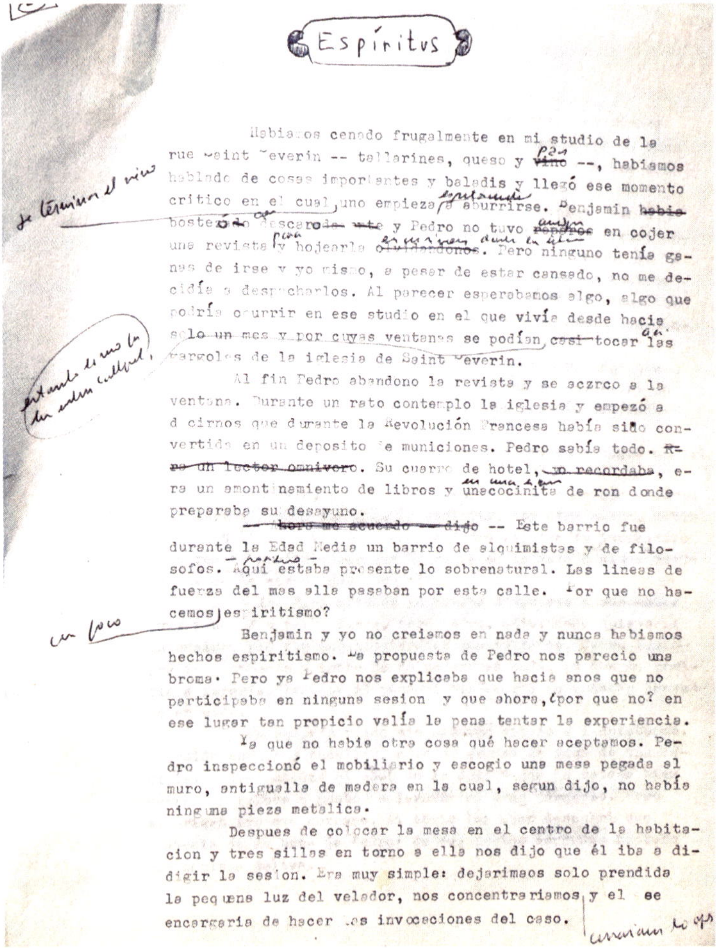

Espíritus

Habiamos cenado frugalmente en mi studio de la rue Saint Severin -- tallarines, queso y vino --, habiamos hablado de cosas importantes y baladis y llegó ese momento critico en el cual uno empieza a aburrirse. Benjamin habia bostezado descaradamente y Pedro no tuvo reparos en cojer una revista y hojearla olvidandonos. Pero ninguno tenía ganas de irse y yo mismo, a pesar de estar cansado, no me decidía a despacharlos. Al parecer esperabamos algo, algo que podría ocurrir en ese studio en el que vivía desde hacia solo un mes y por cuyas ventanas se podían casi tocar las gargolas de la iglesia de Saint Severin.

Al fin Pedro abandono la revista y se acerco a la ventana. Durante un rato contemplo la iglesia y empezó a decirnos que durante la Revolución Francesa había sido convertida en un deposito de municiones. Pedro sabía todo. Era un lector omnivoro. Su cuarto de hotel, lo recordaba, era un amontonamiento de libros y una cocinita de ron donde preparaba su desayuno.

-- Ahora me acuerdo -- dijo -- Este barrio fue durante la Edad Media un barrio de alquimistas y de filosofos. Aquí estaba presente lo sobrenatural. Las lineas de fuerza del mas alla pasaban por esta calle. Por que no hacemos espiritismo?

Benjamin y yo no creiamos en nada y nunca habiamos hechos espiritismo. La propuesta de Pedro nos parecio una broma. Pero ya Pedro nos explicaba que hacia anos que no participaba en ninguna sesion y que ahora, ¿por que no? en ese lugar tan propicio valía la pena tentar la experiencia.

Ya que no habia otra cosa qué hacer aceptamos. Pedro inspeccionó el mobiliario y escogio una mesa pegada al muro, antigualla de madera en la cual, segun dijo, no había ninguna pieza metalica.

Despues de colocar la mesa en el centro de la habitacion y tres sillas en torno a ella nos dijo que él iba a dirigir la sesion. Era muy simple: dejariamos solo prendida la pequena luz del velador, nos concentrariamos y el se encargaria de hacer las invocaciones del caso.

Mecanuscrito de la primera página de «Espíritus».

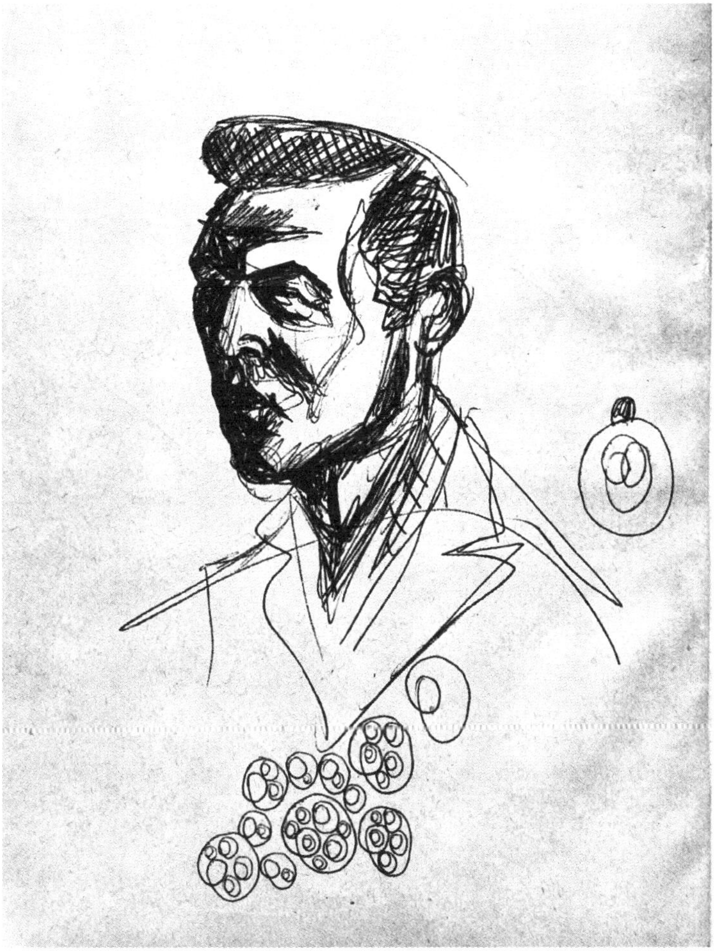

Autorretrato del autor.

Índice

«Para viajar lejos no hay mejor nave que un libro».

EMILY DICKINSON

Gracias por tu lectura de este libro.

En **penguinlibros.club** encontrarás las mejores recomendaciones de lectura.

Únete a nuestra comunidad y viaja con nosotros.

penguinlibros.club

Penguin Random House Grupo Editorial

penguinlibros